Fuchs*gift*

Kerstin Mumm

Für Luise.

1.

Ich sah dem Fuchs in die Augen, als er starb. Ich werde es nie vergessen.

Ich war neun oder zehn, als mein Vater mich mit in den Wald nahm, um seine Falle zu kontrollieren. Er hatte nur eine Falle, denn er war kein Jäger im herkömmlichen Sinn. Es war sein Hobby oder seine Leidenschaft, diese einzige Falle ein Mal im Jahr aufzustellen, zu kontrollieren und wenn ein Tier sein Leben in ihr ließ, tobte nur eines in ihm, wie er sagte: Stille.

"Wie kann denn Stille toben, Papa?" fragte ich ihn.

"Nun, das ist so: es ist eher die Ruhe nach dem Sturm. Sie kann auch toben. Es ist, als wenn der ganze Himmel abgeregnet ist, als wenn die Wolken weitergezogen sind und der Sturm eine Verwüstung nach sich gezogen hat. Äste liegen am Boden, die Dächer sind ruiniert und der Himmel ist so blau, wie nie zuvor. Als wäre nie etwas gewesen. Aber irgendwas ist da noch." er hielt inne, suchte nach den richtigen

Worten. "Stell dir vor, du gehst nach einem Unwetter nach draußen. Die Luft ist anders, weißt du." Ja, dieses Gefühl kannte ich. Alles schien friedlich, aber man sah und spürte, dass etwas großes und heftiges gerade noch gewütet hatte. Es war weg aber die Seele dieses Sturms war noch da und blieb eine zeitlang an diesem Ort, bis sie irgendwann mit den Ästen und Blättern, die auf den Straßen klebten verschwand. Herbststürme. Man musste aufpassen, dass die Deiche hielten.

Ich wusste, was er nun meinte. Die Stille tobte auch manchmal in mir.

Der Fuchs war noch jung. Ausgewachsen. Aber selbst ich sah, dass er noch nicht den Körper eines alten Fuchses hatte. Auf seinem Rücken, zwischen seinen Schultern, war ein heller, fast weißer Fleck. Eine Laune der Natur, wie eine riesige Sommersprosse. Er verblutete. Vielleicht war er in der Nacht bei der Mäusejagd in das gespannte Eisen hineingeraten. Er sah mich an. Ich sah ihn an. Mein kleines Herz pochte wild und ich wollte ihn streicheln. Er brauchte Trost. Als ich einen Schritt auf ihn zumachte, änderte sich sein Blick. Er hatte Schmerzen und Angst und nun kam Wut dazu. Er knurrte. Ein leises Geräusch aus seiner Kehle. Es machte mir Angst, da es so bedrohlich wirkte. Als würde er mir die Schuld für alles geben. "Sieh was du gemacht hast, Mädchen. Du wirst es bereuen."

"Komm, Ylva, wir lassen ihn sterben. Er möchte alleine sein. Beim Sterben ist jeder alleine.", er nahm meine Hand und zog ein bisschen daran. "Ich will bei ihm bleiben, Papa." Ich glaubte ihm nicht, wenn er sagte, dass er alleine sterben wollte. Mein Vater zuckte mit den Schultern und mahnte mich noch, dass ich ihm nicht zu nahe kommen sollte. Tollwut war damals noch in aller Munde. Ich bin nun erwachsen und weiß, das man ein sterbendes Tier nicht leiden lässt. Mein Vater hätte einen Stein nehmen können, um ihn zu erschlagen. Ein Messer, um seine Kehle durchzuschneiden. Aber er überließ es der Zeit. Es war ihm gleichgültig, wie der Fuchs litt. Er ging zurück zum Haus und kümmerte sich um andere Dinge. Dinge, die ihm wichtiger waren, als ein sterbendes Tier. Holz hacken vielleicht. Oder ein bisschen in der Zeitung blättern. Als Kind habe ich nicht darüber nachgedacht, im Rückblick kommt es mir seltsam vor.

So saß ich bei dem Fuchs. Gegenüber von ihm, mit angezogenen Beinen. Ab und zu knurrte er, wenn ich mich bewegte, um eine andere Sitzposition einzunehmen. Es war Spätsommer, der Tag schien endlos. Wir wohnten in einem Haus mitten im Wald. Im Sommer weckten mich die Spechte, die mit ihrer Arbeit begannen, im Winter fiel der Schnee und es war absolut geräuschlos. Das Haus war alt aber gut in Schuss. Mein Zimmer war der ausgebaute Dachboden und ich liebte es, wenn der Regen an den Fenstern herunterrann und die ganze Welt verschwommen war. Ich war neun oder zehn in diesem Jahr und wusste alles und nichts.

Ab und zu leckte der Fuchs an seinem zertrümmerten Bein. Das Blut lief immer weiter und sein Fell war verklebt. Es war schwer auszuhalten, ihn anzusehen, aber es faszinierte mich gleichzeitig. Ich würde herausfinden, wie es wäre, zu sterben. Und ich wollte, dass er mir vergab. Der Gedanke ließ mich nicht mehr los. Der Fuchs hob seinen Kopf, schwach und langsam. Er schaute mich noch einmal direkt an und in diesem Moment dachte ich wieder, er würde mich anklagen. "Du bist Schuld. Mach, dass es aufhört. Mach, dass es nicht mehr weh tut." In Gedanken sagte ich zu ihm: "Es ist gleich vorbei. Ich bin bei dir, hörst Du? Dein Körper ist gleich tot und dann streichele ich dich." Er blinzelte. Dann, nach endloser Zeit, als ich schon dachte, ich würde in seinen Augen versinken, schloss der Fuchs sie und schlief ein. Sein Körper atmete noch, ich sah es an den Bewegungen. Irgendwann hörten sie auf. Ich näherte mich ihm. Beobachtete alles genau. Der Wind streichelte mich, die Blätter in den Baumkronen rauschten, die Sonne ging kupfern unter und sein Fell schien zu glühen. Er war tot. Sein Brustkorb hob und senkte sich nicht mehr. Meine Hand berührte schüchtern seinen Rücken, den hellen Fleck, der dort spross. Ich hoffte, er würde es noch irgendwie spüren, dass ich da war. Ich hoffte so sehr, er würde innerlich lächeln und mir und meinem Vater vergeben. Meinem Vater für seinen unnötigen Tod. Mir, dass ich ihm beim Sterben zusah. Denn ja, mein Vater hatte Recht: beim Sterben ist man alleine. Jeder stirbt nur für sich. Einem Wesen beizustehen ist etwas anderes, als ihm dabei zuzusehen. Sein Fell war weich und es war schwer, mit dem Streicheln aufzuhören. Am Liebsten hätte ich meinen Kopf in seinem Fell vergraben, seinen Geruch eingeatmet und wäre neben ihm eingeschlafen. Aus der Ferne rief mein Vater meinen Namen. Ich sprang auf, klopfte mir Erde und Moos von der Hose und lief nach Hause.

2.

Ich bin 39 Jahre alt und ein Waisenkind, ging es mir durch den Kopf. Ein nüchterner Gedanke und ein zugleich trauriger. Nun hatte ich niemanden mehr. Nur mich. Und die Erinnerungen an meine Eltern.

Meine Mutter hatte mir das Haus vererbt, wie sie es von ihrem Vater geerbt hatte. Mit ihm einen Garten voller Unkraut, schmutzigen Fenstern und etwas Geld. Reich war ich nicht, aber ich konnte ein Jahr Auszeit in meiner Firma nehmen. Ein Sabbatical. Es würde knapp werden, aber es war wichtig. Wichtig, um nach einem Jahr vielleicht zu wissen, wie es weitergehen sollte. Wichtig, um zu trauern. Wichtig, um einmal ganz anders zu leben. Denn es war so: es kam mir immer öfter so vor, als lebte ich ein fremdes Leben. Das Hamsterrad hatte mich im Griff und erst der Tod meiner Mutter hatte mir gezeigt, dass es auch noch etwas anderes gibt, als aufzustehen, zu arbeiten, sich der Nachtruhe hinzugeben. Es gab so viel mehr. Ich wollte etwas anderes fühlen, als dem Stress der Arbeit ausgesetzt zu sein, mich von Termin zu Termin zu bewegen und doch nicht von der Stelle zu kommen. Unendliche Traurigkeit war in den letzten Wochen mein Begleiter. Meine Mutter erkrankte an Krebs. Ich nahm Urlaub, dann unbezahlten Urlaub. Baute Überstunden ab. Begleitete sie an meinen freien Tagen zu Ärzten, zur Chemotherapie und doch konnte ich nicht genug tun. Ich war im Süden des Landes und sie im Norden. Sie wurde von innen zerfressen. Lag in ihrem Waldhaus und schlief fast den ganzen Tag. Ein Pflegedienst kümmerte sich um sie und wenn ich bei ihr war, sah ich an ihren Augen, dass es bald vorbei sein würde. Ihr Blick wurde trüber. Ihr Körper kraftlos. Schließlich kam sie ins Hospiz. Sie wurde dünner und immer noch dünner. Ihre Haut passte ihr nicht mehr, es war, als hätte sie einen Mantel aus Pergamentpapier an. Ich erwartete immer, dass er anfangen würde zu rascheln, so trocken und dünn hing ihre Haut von den Armen. Kein Muskel mehr. Nur umhüllte Knochen. Wenn sie schlief, weinte ich. Wenn sie wach war, erzählte ich ihr alles, was ich zu erzählen hatte und hielt ihre Hand. Meine Mutter hieß Rahel. Es bedeutet Mutterschaf. Sie erzählte mir oft, dass mein Großvater Schäfer war und sie diesen Namen bekam, da am Tag ihrer Geburt sein Lieblingsschaf starb. Rahel. Ich flüsterte ihren Namen, wenn sie schlief und es klang, als würde man auf einer Wildblumenwiese stehen und die Gräser rauschten im Wind. Sie bekam Morphium und Astronautennahrung. Am Tag, als sie starb, erkannte sie mich nicht mehr. Die Sonne schien und die Straßen waren nass vom geschmolzenen Schnee. Winter. Dezember. Ihr Blick war leer, als sie mich ansah. Ich musste plötzlich an den Fuchs von früher denken, der einen ganz anderen Blick hatte. Sein Blick war auch schwach, ja. Gleichzeitig lag eine Wildheit in ihm. Sein Blick sagte, er wolle nicht sterben, verdammt! Sein Blick sagte, er hatte Schmerzen! Und wollte doch einfach nur durch den Wald traben, lebendig sein, mit Katzen kämpfen und seine Jungen beschützen, wie es vorgesehen war. Er war doch jung und schön und unbesiegbar.

Meine Mutter flüsterte etwas. "Mama, was hast du gesagt?" ich rückte näher an sie, mein Ohr über ihren vertrockneten Lippen. Sie flüsterte wieder. "Die Hand Christi hat mich beschützt. Die Hand Christi...wer sät, der erntet." Sie sprach so leise, mit brüchiger Stimme. Ich wusste, dass meine Mutter nie gläubig war. Sie ging weder in die Kirche, noch betete sie oder sprach jemals über Gott. Wahrscheinlich ist es so, wenn man stirbt, dachte ich. Vielleicht hofft man dann auf Erlösung. Auf Trost. Auf irgendwas und wenn es nur die Hoffnung ist, keine Schmerzen mehr zu haben, weil das Morphium nachlässt. Sie wiederholte den Satz noch ein paar Mal, dann erschlaffte ihre übrig gebliebene Muskulatur, ihr Mund blieb leicht geöffnet. Sie schlief. Die ganze Nacht blieb ich bei ihr. Am nächsten Tag wachte sie auch nicht auf. Sie glitt vom Schlaf in den Tod über. Es dauerte Stunden. Ich merkte es an der Atmung, die sich irgendwann am Nachmittag anhörte, als würde man mit einem Strohhalm den Rest des Milchshakes erhaschen können, der am Grund des Bechers eine kleine Pfütze bildet. Schlürfende und gurgelnde Laute, die schließlich einem anderen Geräusch Platz machten: dem Geräusch der Stille.

3.

Seit zwei Wochen war ich nun im Haus meiner Kindheit. Meine Wohnung war mitsamt den meisten Möbeln neu vermietet und ich war froh, dass ich nicht viele Sachen hatte, die ich mitnehmen musste. Kleidung, Bücher, private Dinge. Vieles andere entsorgte ich und hatte Glück, dass der Nachmieter ein junger Student war. Dankbar, dass er Besteck und Yuccapalme übernehmen konnte. Denn ich hatte ja alles hier. Wusste, wo alles war. Einundzwanzig Jahre habe ich in diesem Haus gelebt, unzählige Tapetenwechsel mitgemacht: von der rosa gepunkteten in meinem Zimmer über die Pferdetapete bis hin zu einem kalten grau. Hier fand die erste Hälfte meines Lebens statt. Hier weinte ich und lachte ich, ärgerte mich über den Schulweg im Winter und freute mich, wenn die Meisen miteinander Fangen spielten.

Meine Traurigkeit hatte ich im Griff. Zu beschäftigt war ich mit Aufräumen und Umräumen. Die Kleidung meiner Mutter brachte ich zur Kleiderkammer, alles andere, was ich nicht mehr brauchte, verschwand im Müll. Ihre Kosmetik, ihre Schuhlöffel und Häkeldeckchen mussten weichen. Es war nun mein Haus. Mein neues, altes Zuhause. Ich hatte mir vorgenommen, dass dieses Jahr dazu dienen würde, ein komplett neues Leben zu beginnen. Es war ungewohnt, wieder vom Vogelgezwitscher wach zu werden und nicht mehr vom Straßenlärm. Oft stand ich früh auf und ging barfuß vor die Tür. Eiskalte Füße. Januar. Meine Mutter hatte ihr Leben lang den kleinen Garten gepflegt. Es war schwer, da der meiste Teil im Schatten der Bäume lag und Pflanzen Licht bevorzugen. Aber ein Stück - dort, wo ein Sturm vor vielen Jahren eine Gruppe Bäume gefällt hatte - war zu einer Lichtung geworden. Ein Weidenzaun begrenzte dieses Stück Erde und ich wusste, dass auf diesem Beet einst Gemüse und sogar Erdbeeren wuchsen. Walderde ist nährstoffhaltig. Manchmal zu nährstoffhaltig. So, dass sie die Wurzeln von empfindlichen Gemüse verbrennen kann. Meine Mutter hatte die Erde auf dem Beet gemischt. Die perfekte Erde, so glaubte ich. Denn nie hatte ich süßere Erdbeeren gegessen, nie schmackhaftere Zucchini.

An diesem Morgen stand ich zitternd und barfuß vor dem Beet und dachte mir, dass es eine ausgezeichnete Idee wäre, das Jahr nach dem Lauf der Natur zu strukturieren. Ich beschloss, den Garten wieder zum Blühen zu bringen. Mit Gemüse und Blumen. Als Erinnerung an meine Mutter. Als Dank. Und vielleicht würde ich damit meinem Leben neue Impulse geben. Meine Füße spürten die kalte Erde. Die kalte Erde spürte mich. Ich stand noch eine Weile dort und dachte an meine Mutter. Dann ging ich ins Haus und holte den Karton aus dem kleinen Flurschränkchen hervor. Er war schon immer da, seit ich denken kann: in ihm waren ihre Notizbücher. Sie waren klein und nicht sonderlich dick. Dafür beinhalteten sie einen wahren Schatz. Jedes Jahr hatte sie ein neues Buch begonnen und alles festgehalten, was ihr gärtnerisch wichtig erschien. Es waren ihre Tagebücher des Gartens und des Hauses. Sie enthielten Pflanzpläne, Wetterdaten, wann das erste mal die Rosen blühten und welches Gemüse in diesem Jahr besonders lecker war. Ab und zu gab es die Zeichnung einer Pflanze und eine gepresste Blume, die ihre Farbe schon vor Jahren verloren hatte. Das Papier knisterte, wenn ich die vergilbten Seiten umblätterte und ich versank in den Tagen meiner Mutter. In den Tagen meiner Kindheit. Ich spürte beim Lesen die Erde in den Händen und den Schweiß auf der Stirn, wenn sie ein Beet umgrub. Ich hörte mich selbst am Waldrand spielen und ihr Rufen, wenn ich außer Sichtweite kam. Der Speichel schmeckte nach Eisen, wenn ein Gartentag lang und anstrengend war. Der Geschmack wurde mit Käsebroten und selbst gemachtem Apfelsaft heruntergespült. Ich höre das glockenhelle Lachen meiner Mutter und im Hintergrund das Hämmern meines Vaters, wenn er nach seiner Arbeit am Haus werkte. Ich sehe die glänzende Eisenfalle im Schuppen hängen. Zähne aus Metall und so bissig wie der Schlund eines Hais. Frisch geölt und fertig zur Überwinterung. Äste knacken im Wald, das grobe Lachen meines Vaters, wenn er mich herumwirbelt und ich ihm zurufe, er solle weitermachen. Das Klirren des Teeservices. Dann sehe ich, wie ich im Bett liege und mir die Ohren zuhalte. Dröhnen schallt aus dem Wohnzimmer. Meine Eltern streiten laut, meine Mutter weint und ich erinnere mich, dass sie sich nachts zu mir schlich

und in mein Bett legte. Ihr Atem strich
warm meine Wange und ich merkte an der
stockenden Unregelmäßigkeit, dass sie
leise weinte.

Ich las immer weiter und konnte nicht
abstellen, dass die Erinnerungen mich
überfluten wie das Meer die Deiche bei
Sturmflut. Meine Kindheit überrollt mich.
Als ich es schaffte, mich loszureißen, fiel
mir aus dem Notizbuch ein Foto in den
Schoß. Das Bild hatte einen gelben Schleier
und zeigte meine Mutter mit Schürze und
lachend zurückgeworfenem Kopf. Sie trug
ihr flammendes Haar offen und durch ihre
Bewegung erinnerte es mich an eine Welle,
die ihren Kopf umspülte. Hinter ihr ist ein
exotischen Baum zu sehen, der wohl mal
auf unserem Grundstück gewachsen ist.
Die Blätter des Baums sahen aus wie
Hände, sind wohl fünfblättrig und große
Blütenstände ragten an ihm empor. Auf
diesem Bild erkenne ich, was für eine
leidenschaftliche Gärtnerin meine Mutter
wohl war. Sehe ihre Lebenslust
festgehalten auf einem Stück Papier: Das
offene Haar, die Schürze und ihr
lebendiges Lachen. So kannte ich sie

damals. Bevor ihre Haut wie Pergament wurde und bevor sie so dünn und zerbrechlich wie ein Ast wurde. Bevor ich mich innerlich entfernte und mich lieber mit Freundinnen traf. Ihr Haar war schon vor langer Zeit weiß geworden, aber dennoch war es bis zu ihremTod lang und ließ sie immer elfenhaft und gleichzeitig ungezähmt wirken. Lange schaute ich das Bild an. Eine Träne tropfte aus meinen Augen, lief über die glatte Oberfläche und ich wischte sie mit dem Ärmel weg, bevor ich das Bild zurück in das Buch legte.

Die Gartentagebücher sind nummeriert und datiert. Jeweils auf dem Buchdeckel stehen eine Zahl und das Jahr. Ich reihe sie auf. Beginne mit dem Buch eins und dem Jahr 1981, meinem Geburtsjahr. Nachdem ich auf der Welt war, hatte meine Mutter begonnen, den Garten anzulegen. Nach dem Tod meines Großvaters hatten sie das Haus mitsamt dem verwilderten Grundstück übernommen und nach und nach Struktur reingebracht. Mein Vater war für das Grobe zuständig. Er fällte Brombeersträucher, brachte das Dach in Ordnung und strich die Fensterläden.

Meine Mutter kümmerte sich innen um hübsche Möbel, gemusterte Tapeten und immer standen selbstgepflückte Blumen auf der Fensterbank. Im Garten auf der Lichtung entstanden nach und nach Beete und ein buntes Farbenmeer aus Pflanzen. Ihr Wissen wuchs mit jedem Setzling mit jeder reifen Frucht, die sie erntete. Abends saß sie mit angezogenen Beinen und einer gehäkelten Wolldecke auf dem Sofa und las oder zeichnete Pflanzen. Ihre Muskulatur wurde stark vom Umgraben und Unkraut jäten. Sie entwickelte sich: ihren Körper und ihren Geist. Noch heute stehen unendlich viel Bücher zur Pflanzenkunde und zu Naturheilmitteln in ihren Regalen. Der Garten auf der Waldlichtung war ihr Hobby. Oder eher: Ihr Lebenswerk. Nun war er innerhalb weniger Monate, seit Beginn ihrer Krankheit, überwuchert und die Natur hatte ihn sich genauso zurückgeholt wie sie geholt wurde. Der Lauf der Dinge bleibt in manchen Begebenheiten immer gleich. Leben und sterben. Säen und ernten. Ich musste an die Hand Christi denken und überlegte, dass ich später ihr Grab besuchen würde.

Als alle Journale aufgereiht waren,
merkte ich, dass ein Jahr fehlte. Das Jahr
zweitausendunddrei. Das Jahr, in dem
mein Vater starb.

4.

Der tote Fuchs wurde abends von
meinem Vater aus der Falle befreit. Er trug
ihn ihn seinen Schuppen, öffnete seinen
Körper und fing seine Organe in einer
Plastikschüssel auf. Dort hing er noch
einige Tage damit auch den allerletzte
Tropfen Blut seinen Körper verließ: Ein
Haken ging durch seinen Oberkiefer und
als er abgenommen wurde, sah ich den
Fuchs lange Zeit nicht mehr. Erst, als er
gegerbt neben den anderen toten Füchsen
an der Wand des Schuppens hing. Es war
die weichste Wand der Welt. Ich erinnere
mich, wie ich mich oft dagegen lehnte und
ihre Weichheit spürte. Ich sank dann in das
Fell der vielen Füchse, die namenlos
gestorben waren. Wenn das Licht durch
das kleine Fenster fiel, reflektierte es die
Röte und der gesamte Raum wurde in

warmes Licht getaucht. Mein Fuchs hing weit unten. Ich erkannte ihn an dem weißen Fleck zwischen seinen Schultern. Ich ging oft in den Schuppen, um ihn zu streicheln. Manchmal sprach ich mit ihm.

Einmal kam mein Vater in den Schuppen. "Warum magst du keine Füchse, Papa?" fragte ich ihn, während meine kleinen Hände tief im Fell lagen und ich sie langsam bewegte. "Ich mag sie schon, Ylva. Es sind wunderschöne Tiere." er machte eine Geste zu den Fellen. "Jeder hat einen anderen Charakter. Aber alle sind sie wild. Man kann sie nicht zähmen, wie einen Hund. Ein Hund wird dich immer treu begleiten und dich schützen. Füchse gehören auch zu den Hunden, weißt du das?" ich nickte, "sie werden aber immer wild sein. Drehst du dich von einem Fuchs weg, heckt er eine List aus. Willst du ihn streicheln, beißt er dich." Er lachte leise. "Sie erinnern mich an Deine Mutter." er sah mein erschrockenes Gesicht und lenkte ein: "Dieselbe Haarfarbe, Ylva. Deswegen."

Am Abend stritten sie sich wieder und ich träumte in der Nacht davon, dass mein Vater, den ich so sehr liebte und der mich so sehr liebte, eine Falle im Wald aufstellte. Ich träumte, dass er sie mit mir kontrollieren ging und als wir näher kamen, lag der Fuchs blutend am Boden. Er hatte dichtes Fell und ich wollte es unbedingt berühren. Eine rote Lache breitete sich vor ihm aus. Ich ging näher heran und im Traum wuchs sein Haar, wurde länger und floss wie Seide um seinen Körper und das Tier hob seinen Kopf, schaute mich unter seinem langen Fell an und es hatte die menschlichen Augen meiner Mutter. Ich wachte auf. Es war stockduster und als ich merkte, dass meine Mutter neben mir lag und schlief, wusste ich, dass fast alles in Ordnung war. Fast. Der Streit war schlimm gewesen aber nun war sie ja bei mir. Ich strich über ihr langes Haar und kuschelte mich nah an sie. "Ich beschütze dich, Mama." flüsterte ich. Aber ein Kind kann einen erwachsenen Menschen nicht beschützen. Und am Tage hatte ich längst andere Gedanken. Schneeballschlacht mit Freunden. Armbänder knüpfen im

Handarbeitsunterricht und auf dem Bett liegen und lesen. Die Tage vergingen. Die Nächte vergingen.

5.

Ich suchte das fehlende Journal überall. Diese Neugier: Warum es nicht bei den anderen lag. Ich wusste, dass sie es auch verloren haben konnte. Vielleicht hatte sie es neben den Kürbispflanzen vergessen und es wurde überwuchert und löste sich schließlich nach regnerischen Tagen in der Erde auf. Es konnte überall sein und doch nirgends. Bestimmt stand auch nichts anderes drin als in den anderen Büchern. Es war nur so: das Buch entstand im Jahr, als mein Vater starb. Ich weiß noch, wie fassungslos ich war, denn nur ein Jahr zuvor war ich ausgezogen und plötzlich starb er. Meine Welt löste sich auf. Ich war weit weg und studierte und erst als ich Hand in Hand mit meiner Mutter an seinem Grab stand, wusste ich, dass es die Wirklichkeit war. Das der Tod immer in der Nähe ist. Dass es weh tut, auch wenn man sich fremd geworden war. "Warum, Mama?" weinte ich. "Es war wohl Zeit." antwortete sie und als meine Tränen aus mir heraus rannen, zog sie mich an sich und ich weinte in ihr Haar, das langsam seine Farbe verlor. Sie roch nach Pfefferminze und hielt mich fest. Flüsterte meinen Namen und dass alles gut werden würde. Ich wusste, dass er schnell gestorben war. Kreislaufzusammenbruch. Er stand an den Rosen und fiel um. Ein Stein lag ungünstig.

Ich glaubte, dass ich in dem Büchlein ein paar Gedanken meiner Mutter fand. Sie sprach nie über seinen Tod und auch, wenn sie sich oft stritten, war ich immer überzeugt, dass sie ihn tief in ihrem Innern liebte. Ich glaubte es an ihrem leidenschaftlichen Blick zu sehen. In den Momenten, in denen sie sich nicht stritten, sondern lachend durch das Wohnzimmer tanzten. An seiner Zärtlichkeit, wenn er sie küsste, bevor er zur Arbeit aufbrach. Er vergötterte sie, hatte ich das Gefühl. Für ihre Kochkünste, ihr helles Lachen, ihr Geschick im Haushalt. Vor allem aber: Weil er auch mich vergötterte. Das wusste ich und bekam ich in meiner Kindheit oft zu spüren. Wie sollte es dann anders sein können? Schließlich war sie meine Mutter. Manches Mal verschieben sich Realität und Wahrnehmung, das ist mir bewusst. Vielleicht wollte ich auch einfach einen Beweis lesen. Etwas Bestätigendes. "Ich liebe ihn so sehr" oder "Er fehlt mir". Einfache Worte zwar, die aber doch alles Wichtige sagen. Dann hätte ich das Buch geschlossen, wäre beruhigt, dass meine Hoffnungen erfüllt worden sind und konnte mit der Gartenarbeit weiter machen. Ich fand das Buch nicht.

Die Gestecke auf dem Grab waren längst weg. Es war kalt geworden. Winter. Januar. Ich zündete die Grabkerze an. Die Flamme schwang träge hin und her und verbreitete rotes Licht. Mit zittrigen Händen und einer kalten Nase stand ich einfach nur so da und schaute auf den Grabstein. Rahel. Mein Mutterschaf. Sie ist mit siebzig Jahren gestorben. Siebzig Jahre. Wieviele Jahre war sie wohl glücklich? Wie oft hat sie im Leben geweint, Schmerz verspürt oder Wut? Ich hörte sie lachen und sah, wie sie sich die erdigen Hände an der

Schürze abwischt. Wenn sie mich umarmt hat, fühlte ich mich geborgen. Wenn ich von der Schule heim kam, war mein Vater oft schon da. Manchmal war alles ganz normal. Das Essen wurde auf den Tisch gestellt, die Kartoffeln dampften und schmeckten erdig und zergingen sanft auf der Zunge. Unterhaltungen über Schule, Arbeit oder Dinge, die in der Zeitung standen. Doch manchmal herrschte eine Kühle zuhause. Wenn ich mich dann an den Tisch setze, fühlte es sich so an, als würden die Kartoffeln aufhören zu dampfen. Je älter ich wurde, desto eher blieb ich dem Essen fern. Ich saß gerne in meinem Zimmer und las oder ging nach der Schule zu Freundinnen. Die Jahre vergingen. So schnell. Man kann die Zeit nicht aufhalten. Sie läuft immer weiter, egal was passiert.

Man denkt, man kennt seine Eltern ganz genau. Und die Eltern denken das von ihren Kindern. Die Wahrheit ist aber, dass keiner in den Kopf des anderen schauen kann. Jeder ist ein Individuum mit eigenen Gedanken. Und ich muss zugeben, ich habe nicht gern geantwortet, wenn meine

Mutter mich etwas privates gefragt hatte. Ich besprach meine jugendlichen Angelegenheiten lieber mit meinen Freundinnen. Themen wie Jungs, Verliebtheit, Streit mit Mädchen aus der anderen Klasse, Musik und Mode. Und ich muss auch zugeben, dass ich mich nicht daran erinnere, dass ich jemals meiner Mutter eine solche Frage stellte. Sie erzählte ab und zu etwas von sich. Einfach so. Geschichten aus ihrer Jugend und Kindheit. Vom Schafe hüten und vom Lagerfeuer am Strand. Ich hörte ihr dann gerne zu, aber trotzdem wusste ich im Grunde nichts über sie. Man lebt jahrelang nebeneinander und miteinander. Trägt das gleiche Erbgut in sich und doch ist man sich im Grunde fremd. Ich seufzte. Mein Atem bildete Wolken und ich bereute in diesem Moment, dass ich nie mit ihr gesprochen habe. Nie so richtig. Nie so echt und tief, wie ich es doch mit meinen Freundinnen damals tat. Über meinen Weltschmerz. Dass ich mir ihren nicht angehört hatte. Dass wir weder über unsere Träume, noch über unsere Gedanken geredet hatten. Einsamkeit durchflutete mich.

Traurigkeit kommt in Wellen. Mal ist das Meer glatt und spiegelt den blauen Himmel und dann kommt ein Sturm auf und das Meer schlägt Wellen und alles ist grau in grau.

Ich vergrub die Hände tief in den Jackentaschen und stapfte zum Grab meines Vaters. Es ist ein Stück weiter weg und liegt ungünstig mitten auf einem großen Gräberfeld. Eines von vielen. Ich lief erst vorbei, musste kurz suchen und als ich dann vor seinem Grabstein stand, merkte ich, wie verlassen es war. Keine Grabkerze. Keine Blumen. Nur eine Platte auf dem Boden, unter dem noch immer seine Asche liegt. Der Name ist eingemeißelt, Geburtsdatum, Sterbedatum. Mehr nicht. Mich wunderte, dass meine Mutter nicht neben ihm lag, dass sie im Tode nicht mit ihm vereint sein wollte. "Aber vielleicht war der Platz ja bereits vergeben." dachte ich. Sie hatte ihre Angelegenheiten geregelt, wie man so schön sagt. Ihre eigene Beerdigung war geplant, bevor sie im Hospiz ihre letzte Reise antrat. Ich stand dort noch eine

Weile und fühlte dann, dass ich hier weg musste.

6.

Mein Bett hatte ich aus meiner alten Wohnung mitgenommen. Es stand nun im Schlafzimmer meiner Eltern, dort wo früher ihr Bett stand. Die altmodischen Bettvorleger hatte ich entfernt und wollte sie demnächst durch Flickenteppiche ersetzen. Ich freute mich auf den Schlaf. Jeden Abend. Auch heute noch genieße ich das Gefühl der schweren Müdigkeit. Wenn ich die Augen schloss, lauschte ich und hörte das Knacken des Holzbodens, den Wind im Wald und das leise Klappern der Fensterläden. Die Geräusche umarmten mich und wiegten mich in den Schlaf. Ich war gerade auf dem Weg ins Bett, als ich einen Schmerz verspürte. Ich fluchte zischend und setzte mich auf die Bettkante. In meiner Fußsohle steckte ein langer, hölzerner Span. Mit Zeigefinger und Daumen entfernte ich ihn. Ein Blutstropfen quoll hervor und fiel dann zu Boden. Er

landete auf einer Diele und sickerte ein.
Erst da fiel mir auf, dass diese Diele nicht
versiegelt war, wie die anderen. Sie glänzte
nicht und war rau und unbehandelt. Ein
Span hatte sich gelöst und schmerzhaft in
meine Sohle getrieben. Vielleicht hatte
mein Vater was am Haus gemacht und sie
aus Versehen falsch herum eingesetzt,
überlegte ich. Innerlich verdrehte ich die
Augen wegen dieser Nachlässigkeit, und
kniete mich auf den Boden. Mit beiden
Händen löste ich die Diele. Es war schwer,
meine Fingernägel gaben ihr Bestes und
endlich schaffte ich es, sie zu heben. Sie lag
leicht in der Hand. Glatt auf der einen
Seite, rau und mit einem nun dunkelroten
Fleck versehen auf der anderen Seite. Als
ich sie drehte und mit der richtigen Seite
wieder einsetzen wollte, entdeckte ich im
entstandenen Hohlraum: das
verschwundene Gartentagebuch. Es war
eingewickelt ein eine durchsichtigen Tüte,
die man zum Einfrieren von Gemüse
nimmt. Es war, als wäre ich die
Protagonistin in einem Film, die einen lang
verschollenen Schatz hebt. Oder einen
Schlüssel findet, der sie und die ganze
Menschheit retten würde. "Der Masterplan

des Lebens lag vielleicht in meiner Hand",
lachte ich leise. Ich nahm die Tüte aus
ihrem Versteck und spürte ihre Glattheit.
Sie knisterte leise. Meine Mutter hatte das
Notizbuch nicht verloren, es wurde
gehütet. Versteckt. Warum? Mein Herz
schlug schneller und die Müdigkeit war
längst vorbei. Mein Fuß hatte einige
Spuren auf dem Holzboden hinterlassen.
Wie die Spur eines verwundeten Tieres.
"Ich wäre draußen im Wald nun leichte
Beute," dachte ich. "Man würde mein Blut
wittern." Mit einem Schaudern kroch ich
unter die Bettdecke und holte das
Notizbuch aus seiner Umhüllung.
Außerdem lag noch etwas darin: Ein
Papierbriefchen, in dem irgendetwas
eingewickelt war. Ich öffnete es vorsichtig
und mir fielen drei getrocknete Böhmen in
den Schoß. "Ich pflanze sie ein und werde
auf ihnen wie Jack in den Himmel
klettern." schoss es mir durch den Kopf. Sie
sahen hübsch aus. Groß waren sie und
marmoriert und als ich sie in der Hand
hielt, berührten sie sich leise klackernd.

7.

Einen Sommer lang hatten wir Ratten
im Haus. Sie stahlen Vorräte, zernagten
meine Bücher und nachts balgten sie sich
quietschend in der Küche. Sie waren so
laut, dass ich sie sogar von meinem
Zimmer auf dem Dachboden hörte.
Trappelnde Schritte, innehalten, weiteres
Trappeln. Leise Geräusche in der Nacht.
Ich weiß noch, wie zornig mein Vater eines
Tages war. Er ging in den Schuppen und
ich hörte ihn poltern und schreien. Die
Ratten hatten ihren schier unersättlichen
Hunger an den Eingeweiden eines Fuchses
gestillt. Das an sich wäre nicht so schlimm
gewesen, aber sie waren an dem toten
Körper, an dem bald gegerbten Fell
hinaufgesprungen und hatten überall
genagt und gewütet. Mein Vater erklärte
mir, dass sie gefährlich seien. Tuberkulose,
Tollwut. Dass sie angriffslustig wären und
sich vermehrten wie die Karnickel.
Wanderratten lebten in Gruppen mit bis zu
hundert Tieren, belehrte er mich. Ich war
fünfzehn und hatte anderes zu tun, als
mich mit Ratten zu beschäftigen. Noch
immer war ich gerne im Wald, der Natur

ganz nah. Blickte zu den Sternen. Ratten jedoch lagen außerhalb meines Interesses.

Mein Vater fuhr ins Dorf und kam mit Gift zurück. Er steckte es, während er übellaunige Selbstgespräche führte in Fleischstücke und legte sie überall aus dem Grundstück aus. "Du wirst Füchse en Masse töten." sagte ich beiläufig. "Hast du hier etwa schonmal einen Fuchs gesehen?" er sah mich genervt an. "Nein." schüttelte ich meinen Kopf. "Sie kommen hier nicht her. Sie wittern ihre toten Freunde." er machte eine Pause. "Und sie wittern mich." Mich überlief ein Schauer. In den nächsten Tagen und Wochen lagen auch Schlagfallen aus. Immer wieder rümpfte ich die Nase, weil tote Ratten meinen Weg säumten. Bald wurden es weniger und ich glaubte, wir hätten die Plage überstanden, als mein Vater eine Katze mit nach Hause brachte. Er heißt Neo," sagte er "und wird sich um die restlichen Ratten kümmern." „Oh je, er ist ganz dünn und struppig." Sein grau gestreiftes Fell war matt und zerzaust. "Wo hast du ihn her?" Ich strich über seinen Kopf und sofort begann er zu schnurren. Laut und dunkel. Als würde in seiner Brust ein Motor laufen. Mein Vater drückte mir den Kater in den Arm und sagte: "Pass auf, dass er im Haus bleibt. Er ist ein Streuner und wird wieder hinaus wollen."

Er irrte sich. Neo begleitete mich auf Schritt und Tritt. Er wartete, wenn ich von der Schule heimkam, legte sich auf meine Füße, wenn ich neben meiner Mutter saß und ihr beim Stricken zuschaute. Neo gab mir Ruhe. Wärme. Und ja, auch Liebe. Er weckte mich an den Sonntagen, wenn ich zu lange schlief, mit seiner rauhen Zunge, die auf meiner Wange leckte, bis ich lachend meinen Kopf wegdrehte. Nach und nach wurde sein Fell dichter und glänzend. Ebenso verschwanden die letzten Ratten aus dem Haus. Einige lagen mit geöffnetem Körper und einem blutigen Gesicht auf dem Dielenboden. Die Restlichen gingen wohl alleine. Sie fühlten sich hier nicht mehr sicher. Meine Mutter atmete auf. Mein Vater dichtete die Türen ab und auch die Schuppentür bekam eine Gummilippe, durch die noch nicht einmal eine Maus gepasst hätte. Er meinte, ich könnte Neo nun wieder raus in die Freiheit lassen. "Er wird sein Streunerleben zurück wollen."

In dieser Nacht träumte ich von einer Ratte, die versucht hatte an mir zu nagen. Sie starb auf meiner Brust. Ihre kleinen Krallen bohrten sich in meine Haut. Das Gift, das mein Vater überall gelegt hatte, begann zu wirken und Ihr Blut gerann nicht mehr. Sie verblutete innerlich, ohne dass man es sah und still und leise nahm sie Abschied von der Welt, während sich mein Brustkorb hob und sank und sie in den Tod schaukelte. Ich öffnete erschrocken die Augen und wollte die Ratte von mir schleudern. Auf mir lag Neo, sah mich verwundert an und blinzelte. Das Mondlicht drang durch das Dachfenster und er sah müde und satt aus. Er legte seinen Kopf auf die Pfoten und begann, zu schnurren. Mit einem Seufzen schloss ich die Augen wieder, fuhr ihm mit der Hand durch das dichte Fell und spürte die Wärme seines lebendigen Körpers.

Er begrüßte mich auch am folgenden Tag, als ich aus der Schule kam und miaute hinter der Scheibe, dass das Glas kurz beschlug. Ich öffnete die Tür und versuchte, ihn raus zu locken. "Freiheit, Neo, hol sie dir." sagte ich. Er tänzelte auf der Schwelle und gab leise Töne von sich, als würde er sprechen. Dann machte er einen Satz und war im Garten. Seine kleinen Pfoten hatten wieder den Waldboden unter sich und meine Augen füllten sich mit Tränen. Neo spazierte zu derLichtung und ich drehte mich um, als ich Schritte hörte. Meine Mutter kam zu mir, legte stumm ihren Arm um mich und wir beide sahen zu dem Kater, den ich so liebgewonnen hatte. "Er wird wiederkommen." sagte sie und drückte meine Schulter. "Er weiß nun, wohin er zurückkehren kann, wenn er Streicheleinheiten oder Futter braucht."

Neo stromerte nachts oft durch den Wald oder schlief tagsüber auf der Veranda. Er kam immer wieder zu mir. Zu uns. Es gefiel mir, ein Haustier zu haben. Und doch ein freies Tier, da er kommen und gehen konnte, wann er wollte. An manchen Tagen hatte er ein kleines Wirbeltier zwischen den Zähnen und legte es uns vor die Tür. Mein Vater schimpfte dann laut mit Neo, aber ich glaube, es hat ihn nicht interessiert.

8.

Es war Februar. Ich begann die drei
Samen, die meine Mutter so viele Jahre
versteckt hatte, in kleinen Töpfen
auszusäen. Sie standen auf der
Fensterbank in der Küche und ich wollte
herausfinden, was es für Pflanzen werden
würden. Ob sie überhaupt noch keimfähig
waren.

Das Haus war soweit auf Vordermann
gebracht. Ich hatte einige Möbel neu
gestrichen, hier und da etwas umgestellt
und mein neues Zuhause gefiel mir gut.
Wenn ich die Fensterläden morgens
öffnete, sah ich in den tiefen Wald. Sah
Eichhörnchen, die ihren Winterschlaf
unterbrachen, um nach ihren Nüssen zu
graben. Krähen, die auf dem kleinen
Weidezaun saßen und hier und da ein Reh,
das bedächtig durch das Unterholz schlich.
Ich war noch nicht wieder auf dem
Dachboden gewesen, in meinem alten
Zimmer. Einige Kartons hatte ich dort
abgestellt und hatte da gesehen, dass sich

nicht viel verändert hatte. Mein altes Bett stand dort noch, die Lavalampe und mein Schreibtisch mit ausgetrockneten Stiften und einem karierten Block. Die Zeit war hier stehengeblieben und lief doch weiter. Eine feine Staubschicht bedeckte alles. Ich beschloss, dass ich es so lassen würde. Es störte keinen. Und ich brauchte eine Pause von den ganzen Aufräumarbeiten.

Der Frühling war regnerisch. Durchdringend und scheinbar nie endend floss das Wasser vom Himmel, sickerte in den Boden ein und dort, wo es nichts mehr zu sickern gab, bildeten sich riesige Pfützen. Den Vormittag hatte ich mit Einkaufen verbracht. Mein Auto parkte ich an einem kleinen Nebenweg, von dort führt ein schmaler Weg zum Haus. Nur ein paar hundert Meter. An der Seite hatte mein Vater vor vielen Jahren kleine Solarleuchten in den Boden gesteckt, damit wir uns bei Dunkelheit nicht verirrten. Sie funktionierten noch immer. Nur heute nicht, der Tag war düster und die Solarzellen hatten keine einzige Minute die Chance gehabt, Licht zu tanken. Es war mittags und es war, als dämmerte es den ganzen Tag. Als ich mit meinen Einkäufen beim Haus ankam, beschloss ich, in den Schuppen zu gehen, um mich dort aus den nassen Klamotten zu schälen. Es gibt dort eine Verbindungstür zum Haus, die ich selten nutze. Heute war sie nützlich: Ich konnte mich meiner nassen Schuhe entledigen, damit ich den ganzen Dreck nicht in den Flur brachte. Als ich die Tür aufzog, erzeugte die inzwischen rissige Gummilippe eine kleine Welle auf dem Zement. Das Regenwasser schwappte weg und suchte sich einen Weg auf das erdige Grundstück. Ich trat ein. Tropfte den Boden voll und erzeugte eine Pfütze unter mir. Mein Blick fiel auf die Kette mit dem Haken. Regungslos hing er von der Decke. Ein Knoten war in der Kette, der sie verkürzte, damit man nicht dagegen lief und ein blaues Auge oder Schlimmeres holte. Ich streckte den Arm und versetzte sie in eine Schwingung. Dann entledigte ich mich meiner nassen Sachen, brachte die Einkäufe ins Haus, meine Kleidung stopfte ich in die Waschmaschine und mit trockener Kleidung kehrte ich in den Schuppen zurück. Das kleine Licht über der Werkbank erhellte den Raum nur

zögerlich und draußen rauschte der Regen.
Ich sah zu der Wand mit den Fuchsfellen
und erkannte den weißen Fleck zwischen
den Schulterblättern meines Fuchses.
Früher konnte ich ihn im Stehen
streicheln. Nun musste ich mich
hinhocken. Mein Körper hatte die Chance
bekommen, auszuwachsen. Seiner nicht.
Ich vergrub meine Hände in seinem Fell.
Lehnte meinen Kopf an ihn. Meine Stirn
wurde weich umhüllt und ich roch den
feinen Staub, der sich in seinem Fell
abgesetzt hatte. Ich roch noch etwas:
Wärme. Kindheit. Wildheit. Einatmen,
ausatmen.

9.

Ich war elf und endlich wieder mit
meiner Mutter am Strand. Unsere Füße
versanken, Millionen Sandkörner wurden
durch unsere Schritte bewegt. Sie würden
später überall sein: zwischen den Seiten
meines Buches, auf meinem Scheitel,
hinter meinen Ohren und sogar in meiner
Unterhose. Als wir die Düne mit dem

Strandgras überwunden hatten, fanden wir einen Platz. Laken ausbreiten. Buch herausholen, mit verschämtem Blick unter dem Handtuch umziehen. "Ich werde tüddelig," lachte meine Mutter. Ihre grauen Augen blitzten. "Ich habe doch tatsächlich das Wichtigste vergessen. Meinen Badeanzug." theatralisch rollte sie mit den Augen. "Och Mama!" rief ich enttäuscht und musste trotzdem kichern. "Aber du kannst ja trotzdem ins Wasser, Ylva." zwinkerte sie. "Ich werde Muscheln sammeln. Ist doch auch nett oder was meinst Du?" "Du kannst dir doch auch die Hose hochkrempeln. Bis über die Knie. Dann kannst du immerhin etwas in die See." "Lieber nicht, ich habe so viele blaue Flecken." Sie strich sich die Leinenhose glatt und setzte sich auf das Laken. "Habe ich doch auch!" "Ja, Süße. Aber du bist in Kind. Da muss man sozusagen blaue Flecken haben. Naturgesetz. Bei mir gucken die Leute dann komisch." Ich zuckte mit den Schultern, raunte ein "Ist gut." und lief zu den Wellen. Ich verstand den Unterschied nicht. Es gab für mich jetzt ohnehin Wichtigeres. So lange war ich nicht mehr mit meiner Mutter am Meer gewesen. Die Möwen kreischten, die Wellen tränkten den Strand mit ihrem salzigen Wasser und ich jauchzte, als es kalt meine Zehen umspülte. Salz auf der Haut und der Zunge. Am späten Nachmittag war ich müde. Wir hatten ein Muschelbild gelegt und warme Limonade getrunken. Gelesen und gekuschelt. Zeit, um nach Hause zu gehen. Ich sah meine Mutter an, als sie unsere Sachen packte. Ich liebte sie. So sehr. Dieses Gefühl durchflutete mich regelrecht. "Mama?" "Was denn, mein Schatz?" "Es war so schön heute!" Sie strahlte mich an, bändigte eine Strähne ihres wehenden Haares, dass dunkler war als sonst und durch die salzige Luft und den Schweiß wie Seetang wirkte. "War es. Das machen wir bald wieder."

Kurz darauf wurde bei ihr Brustkrebs festgestellt. Sie war lange fort. Als sie aus dem Krankenhaus wiederkam, waren ihre roten Wangen verschwunden. Ihre Wimpern und Brauen. Ihr langes, rotes Haar. Sie sah müde aus. Wir waren nie weder zusammen am Strand.

10.

Ich weiß nicht, wie lange ich an den
Fuchs gelehnt auf dem Boden hockte.
Einige Minuten vielleicht. Ich schenkte ihm
noch eine kurze Streicheleinheit, stand auf
und ging ins Haus. Dort blätterte ich in
dem Notizbuch aus dem Jahre
zweitausendunddrei. Die feine Schrift
meiner Mutter rankte wie eine Kletterrose
durch die Linien. ich war zu dieser Zeit
zweiundzwanzig und lebte seit einem Jahr
hunderte Kilometer von ihr entfernt. Sie
schrieb auf den ersten Seiten über das
milde Wetter. Darüber, dass sie die ersten
Bohnen auf der Fensterbank unter die Erde
gebracht hatt. Über den schiefen
Fensterladen, der dringend repariert und
gestrichen werden musste. Einige Seiten
weiter explodierten ihre Wörter. Es wurde
persönlich und ich begriff, dass dieses
Buch ihr Tagebuch geworden war. Erst
wollte ich es nicht lesen, aber mich
fesselten ihre Gedanken, die sie nie mit mir
geteilt hatte. Sie schrieb über sich. Sie
schrieb über mich und: Sie schrieb über
meinen Vater. Sie schrieb etwas über ihn,
dass ich nicht wahrhaben wollte. Etwas,

das mich verstörte. Aus diesem Grund zwang ich mich, das Notizbuch zu schließen. Ich war noch nicht bereit für derart harte Kost.

Ich dachte daran, wie sie mit einem bunten Kopftuch durch das Haus wirbelte, nachdem sie aus dem Krankenhaus wieder bei uns war. Mit müdem Blick noch, aber ihr Tatendrang wuchs mit dem Garten. Abends las sie mir vor und sang mit heller Stimme "Dat du min leevsten büst". Es war eine schreckliche Zeit und gleichzeitig eine wundervolle. Denn mit jedem Tag mehr verließ die Krankheit sie. Mit jeder Pflanze, die draußen erblühte, erwachten auch ihre Lebensgeister wieder. Tod und Leben waren sich so nah in diesen Monaten. Ich weinte oft.

Mein Vater war zu dieser Zeit ruhiger. Er sprach nicht viel und sein Blick war oft nach innen gerichtet. Dann, im Herbst fragte er mich, ob ich mitkommen würde, um die Falle im Wald aufzustellen. Es war wieder Zeit.

11.

Es wurde März. Die drei gepflanzten
Bohnen keimten, streiften ihre Samenhülle
ab und schossen in die Höhe. Ich pikierte
sie und setzte sie in größere Töpfe. Jeden
Morgen waren sie noch etwas gewachsen
und ich erkannte bald, dass es keine
Rankbohnen waren. Sie waren eher wie
kleine Bäume. Sie wuchsen und wuchsen
und obwohl ich sie abends goss, hingen die
Blätter am Abend wieder schlapp herunter
und ich goss sie erneut.

Im Beet hatte ich Radieschen gepflanzt,
Möhren und konnte es gar nicht abwarten,
bis die Eisheiligen vorbei waren, damit ich
richtig loslegen konnte. Ab und zu dachte
ich an meine Arbeit und mein altes Leben
in der Stadt. An das sich ewig drehende
Hamsterrad. Was nach dem Jahr sein
würde, was ich machen würde. Ich schob
den Gedanken immer wieder beiseite. Das
Jahr war jung, der Winter in endloser
Ferne und ich genoss die Arbeit im Garten
und am Haus. Es stellte sich eine Routine
ein, der ich nachging und nur die Natur
veränderte sich und ich einen Rhythmus

mit ihr. Bei Regen saß ich auf dem Sofa, eingekuschelt und mit Tee und einem Buch oder ich erledigte Dinge im Haus; Bei Sonne war ich im Garten, hatte erdige Knie und Hände und stutzte Pflanzen oder erntete, was gerade reif war.

Einmal im Monat fuhr ich in das Dorf, um meine Vorräte aufzufüllen. Es ging mir gut, obwohl ich allein war. Mit mir und meinen Gedanken. Das erste Mal in meinem Leben war ich ganz auf mich gestellt. Keine Kollegen, keine Freunde, keine Eltern. Niemand. In diesen Monaten fühlte ich mich "selbst". Wer ich wirklich war. Es scherte mich nicht, wie ich aussah; Mein Haar war kupferrot und abends immer strähnig durch Schweiß und das Salz in der Luft, unter meinen Nägeln saß ein dunkler Rand, den ich verzweifelt versuchte zu entfernen und wenn es mir gelang, war er am nächsten Abend wieder da. Wenn ich in den Spiegel schaute, erkannte ich meinen Vater in mir. Er hatte mir seine Grübchen vererbt. Und ich sah meine Mutter. Von ihr hatte ich meine blasse Haut und das rötliche Haar. Ab und zu traf ich den Postboten, der mit seinem

Auto an der kleinen Straße hielt und die Post in den verwitterten Holzkasten warf. Er fragte jedes Mal, ob alles in Ordnung sei und ich nickte, nahm die Post und winkte ihm hinterher, wenn er wieder fuhr.

Ich gewöhnte mich an das Leben im Wald. Fern von den Menschen und dem Lärm. Die Sterne waren so nah und wenn der Mond schien, schien das Grundstück zu schimmern. Mein Leben. Es wurde immer einfacher und bestand aus den ewig selben Abläufen. Aufstehen, den Tag mit Tätigkeiten füllen, Schlafen gehen. Ich war lebendig und gesund und tatsächlich: glücklich.

Immer wieder musste ich im Laufe der Wochen an das Notizbuch denken und hätte gern wieder darin gelesen, traute mich jedoch nicht. "Neugier bringt die Katze um." sagte mein Vater oft lachend. Daran musste ich nun denken. Eine Ahnung überkam mich beim letzten Lesen. Etwas war passiert in jenem Jahr. Ich brauchte Zeit. Wollte es nicht wissen. Die Augen verschließen. Verdammt, ich wollte keine Katze sein.

12.

Ich folgte meinem Vater in den Wald.
Die Bäume waren bunt und die ersten
Bucheckern fielen zu Boden. Er blieb
stehen und hielt den Zeigefinger an den
Mund. Nach einigen Sekunden zeigte er zu
einer Stelle, auf der ich erst nur Erde
erkennen konnte. Sie war heller als der
übrige Boden. "Schau! Da ist ein
Fuchsbau." flüsterte er. Er hockte sich hin
und ich tat es ihm gleich. "Man erkennt sie
an der Erde. Sie graben wie Hunde.
Draußen vor dem Bau liegt immer frisch
aufgeworfene Erde oder Sand. Und dann
legen sie sich einen Bau an. Mit Gängen
und einer Höhle, in der die Jungen zur
Welt kommen. Manchmal teilen sie sich ihr
Zuhause. Zum Beispiel mit Dachsen oder
wilden Kaninchen." "Aber Füchse fressen
doch Kaninchen, hast du gesagt!" zischte
ich empört. "Pssst." Ich schlug die Hand
vor den Mund. Ich wollte unbedingt einen
Fuchs sehen. Einen lebendigen. Ohne Blut.
Vielleicht könnte ich ihm zuzwinkern und
ein Zeichen geben wegen der Falle, die

mein Vater in seinem Rucksack trug. Ich musste vorsichtig sein, sonst würde Papa sicher wütend auf mich sein. Das wollte ich nicht. "Du hast Recht, Füchse fressen Kaninchen. Aber manchmal, wenn sie die Chance haben, bei den Kaninchen zu wohnen, dann schließen sie einen Frieden. Burgfrieden nennt man das. Es ist im Grunde wie bei deiner Mutter und mir. Wir haben auch einen Burgfrieden." "Aber ihr seid doch verheiratet. Das ist doch was anderes!" flüsterte ich empört in meinem besten Flüsterton. Mein Vater antwortete nicht sofort. Er stand langsam auf. "Ich erkläre es dir ein anderes Mal. Jetzt gehen wir ein Stück weiter und stellen die Falle auf." "Och.... ich dachte, der Fuchs kommt raus und sagt Hallo." wisperte ich enttäuscht. Mein Vater pikste mich in die Seite und ich kicherte leise. "Das wird er. Aber nicht heute."

Leise bahnten wir uns unseren Weg durch das Unterholz. Ich sah Fliegenpilze und Insekten schwirrten um meinen Kopf. Meine Socken waren über meine Hose gezogen, damit kein Tier hineinkroch, aber trotzdem kontrollierte ich am Abend ganz genau, ob ich nicht eine Zecke mit ins Haus geholt hatte. An einem umgestürzten Baum blieben wir stehen. Er lag schon lange dort. Baumpilze und Moos wuchsen auf ihm und er war feucht und glitschig, als ich ihn anfasste. Dort, wo der Baum ein Gebüsch berührte, stellte mein Vater die Falle auf. Als er sie aus dem Rucksack holte, roch ich das Öl, das er zum Einfetten benutzt hatte. Vielleicht, dachte ich, riecht der Fuchs das auch und ist gewarnt. Die Zähne des Tellereisens sahen mich an. Ich blickte zurück in das Maul eines eisernen Tiers. Gänsehaut überlief meine Arme.

Mein Vater hingegen blickte stolz auf die ausgelegte Falle und zog mich an der Hand. "Komm Ylva, es wird bald dunkel." Ich hatte immer Angst vor diesen Zähnen und war erleichtert, als wir nach Hause gingen. Wir mussten aufpassen, nicht über Wurzeln zu stolpern. Wenn die Dunkelheit im Wald kommt, überrascht sie einen oft. Nach kurzer Zeit ist es hier stockdunkel.

Manches Mal träumte ich von der Falle. Von Zähnen, die sich in mein Fleisch bohrten. Von einem Tod, wie die Füchse im

Wald ihn erlitten. Jedes Jahr ein Fuchs.
Jedes Jahr.

13.

Erst Mitte April traute ich mich, weiter
in dem Notizbuch meiner Mutter zu lesen.
Ich wusste, wenn ich den Tatsachen ins
Gesicht blickte, würden sie zurückblicken.
Ein Abgrund blickt auch in einen selbst
hinein, hatte ich mal gelesen. Jetzt
verstand ich wie das gemeint war. Ich hatte
Angst vor dem, was sie geschrieben hatte.
Wollte es nicht wissen. Wollte meinen
Vater und meine Mutter so sehen, wie
bisher. Immer wieder sagte ich mir, dass es
nur Worte seien. Das sie nichts ändern
würden. Aber natürlich: Änderten sie alles.

Es war ein lauer Frühlingsabend. Ich
hatte tagsüber in verschiedenen
Gartenratgebern meiner Mutter gelesen,
auf der Veranda Tee getrunken und mich
dann mit ihren anderen Notizbüchern
beschäftigt, die sie angelegt hatte. Neben
mir lag der alte Block aus meinem Zimmer
und ich machte mir Notizen, was ich wann

und wo einpflanzen würde. Die seltsamen Bohnenpflanzen waren inzwischen schon so groß, dass ich nicht mehr gut aus dem Küchenfenster sehen konnte. Sie wucherten regelrecht. Ich würde drei Kreuze machen, wenn ich sie endlich in den Garten setzen konnte. Ihr Platz würde an der Hauswand neben dem Schlafzimmerfenster sein. Dort schien tagsüber genug Licht, so dass sie weiter in die Höhe schießen konnten. Ich war unruhig. Zwanzig kleine Bücher lagen vor mir. Eines fehlte. Ich nahm mir mutig vor, es am spät im Bett zu lesen. Neugier bringt die Katze um, hörte ich meinen Vater sagen. Ich musste an Neo denken und wünschte, er wäre hier.

Ich blieb lange wach, kochte mir Tee und tigerte im Haus umher. Ich vermied es, ins Bett zu gehen. Wegen dem Tagebuch. Wegen meiner Ahnung. Noch immer hoffte ich, dass meine Erinnerung mir Streiche spielte. Wusste innerlich jedoch, dass ich Recht behalten sollte. Die blauen Flecke. Die kalte Stimmung beim Essen. Burgfrieden. Es war Zeit, allem auf den Grund zu gehen.

Im Bett lagen Kissen in meinem Rücken und das Notizbuch auf meinem Schoß. Ich war zweiundzwanzig Jahre, als meine Mutter es schrieb und lebte am anderen Ende des Universums.

Nach meinem Umzug fand ich schnell einen Studienplatz und bis ich diesen antreten konnte jobbte ich in einem Supermarkt, um Geld für die Miete aufzubringen. Ich wohnte in einer winzigen Wohnung im Süden Deutschlands und kam nur selten in den Norden, um meine Eltern zu besuchen. Zweimal in dem Jahr, als mein Vater starb. Zweimal sah ich ihn noch, nachdem ich das Haus im Streit verließ. Ich hatte neue Freunde gefunden und lebte mein eigenes Leben. Herrgott, ich war jung und mein Kopf voll mit Ideen und Plänen. Ab und zu vermisste ich das Meer und unser Haus im Wald, dann holten mich der Stress im Studium und ausgefüllte Tage wieder ein und vertrieben das Heimweh. Auch Erik, den ich mit dem Umzug Hals über Kopf verlassen hatte, tauchte nur noch sporadisch in meinen Gedanken auf. Viele alte Sprühe behalten Recht. "Aus den Augen, aus dem Sinn" war so einer. Im späten Herbst, Ende Oktober, besuchte meine Mutter mich. Mein Vater blieb zuhause, ihm ging es nicht gut und er hatte am Tag vorher angerufen und abgesagt. Er klang schwach am Telefon und klagte über Bauchschmerzen und Durchfall. Meine Mutter erzählte von ihrem Garten, von der Ernte. Zauberte riesige Zucchini aus Ihrem Koffer und wir verbrachten den Abend mit Gesprächen, Kochen und kuschelten uns dann nebeneinander auf die Couch. Meine Mutter war todmüde von der Reise und ich glaube, auch das Jahr hatte sie erschöpft. "Ein Winterschlaf würde dir guttun." sagte ich ihr und hoffte, die Tage bei mir würden ihr beim Auftanken helfen. Hier musste sie keinen Garten wässern, kein Holz hacken und konnte sich ausnahmsweise mal von mir bemuttern lassen. Meine Mutter wurde im Lauf des Abends immer unruhiger, spielte mit einer Strähne, die sich aus Ihrem geflochtenen Zopf gelöst hatte und sagte, sie würde sich Sorgen um meinen Vater machen. "Papa kommt schon alleine zurecht." beruhigte ich sie. "Du wirst sehen, im Nachhinein wird er es zu schätzen wissen, dass du dich immer um alles gekümmert hast." Erschöpft schlief sie noch während des Films ein. Ich legte die bunte gehäkelte Wolldecke über sie, die sie mir vor etlichen Jahren zu meinem Geburtstag geschenkt hatte. Ihr Körper zeichnete darunter schemenhaft ab. Es sah aus, als läge ein Tier auf dem Sofa. Arme und Beine waren angezogen und es schien nun wirklich so, als hielte sie Winterschlaf. "Ein schlafendes Reh in meinem Wohnzimmer." lächelte ich in Gedanken. Als ich sie auf das Haar küsste, sog ich den Kräutergeruch ein, den ihr Haar verströmte und wurde sofort wieder in meine Kindheit versetzt. Sah sie lachen, Paprika ernten und das Holz für den Kamin in das Haus tragen. Ich hörte das Knistern vom Feuer, sah meinen Vater, wie er die Zeitung las und den Wildblumenstrauß auf der Fensterbank.

Am nächsten Tag wollte ich mit meiner Mutter in die Stadt und ihr mein neues Leben zeigen. Die vielen Geschäfte und das Verkehrschaos. Im Hintergrund die schneebedeckten Berge. Noch nie war sie aus ihrem Dorf herausgekommen und ich war gespannt, wie sie es finden würde. Der

Anruf während des Frühstücks lähmte uns. Ein Polizeibeamter erzählte hölzern, dass mein Vater tot sei. „Tot tot tot" rauschte es in meinem Kopf. Der Postbote hatte ihn gefunden. Er lag im Garten, zwischen den Rosen. Tot. Tot. Er ist wohl gestolpert oder hatte einen Kreislaufzusammenbruch. Ein Stein lag ungünstig. Oder mein Vater sei ungünstig gefallen. Tot. Schädel zertrümmert. Tot. Ewige Ruhe. Stille. Der Mann am Telefon erklärt in ruhigem Ton die Sachlage. Alles fein säuberlich, als würde er es ablesen. Aber ich hörte nur Bruchstücke. Worte wirbelten durcheinander und ergaben keinen Sinn. Tot. Was sollte ich sagen? Innerlich schrie ich und heulte und wollte meine Fassungslosigkeit herausbrüllen. Aber ich blieb stumm. Nach einer Ewigkeit sagte ich zu dem Polizisten am anderen Ende des Landes zitternd: "Wir sind heute Abend da."

Ich weinte nicht, keine einzige Träne. Sie steckten fest und ich würde es erst mit meinen eigenen Augen sehen wollen, dass er wirklich tot war. Gestorben. Mit nur dreiundfünfzig Jahren. Ich wusste noch nicht einmal, woran.

Am nächsten Nachmittag war ich wieder in meinem alten Zuhause. Die Blätter fielen bunt von den Bäumen, als ich den kleinen Weg zum Haus lief. Ich war gerade auf dem Polizeirevier gewesen, dann hatte ich meinen toten Vater gesehen. Er lag auf einem Metallgestell, dass genauso glänzte wie die scharfen Zähne, die in unserem Schuppen hingen. Ein weißes Tuch bedeckte ihn und als ich endlich sein Gesicht sah, mit der klaffenden Wunde an der Schläfe, wusste ich, dass er nun wirklich nicht mehr da war. Nur noch sein Körper. Er war tot und die Füchse würden leben. Seltsamerweise beruhigte mich dieser Gedanke und doch war ein Schmerz in mir, den ich nicht beschreiben konnte. So schnell wie möglich wollte ich nach Hause. Meine Mutter war dortgeblieben und ich wollte zu ihr.

Meine Schritte wurden durch den Waldboden gedämpft und es war, als wäre die Welt lautlos geworden. Allumfassende Stille. Die Welt war jetzt eine andere für mich. Meine Mutter saß auf den Stufen der Veranda und als sie mich sah, weinte sie. Ihre hellen Augen waren rot gerädert und ihr Haar nicht gekämmt. Ich erkannte jetzt erst die grauen Strähnen in ihm und musste daran denken, wie lang ihr Haar seit der Chemotherapie doch inzwischen wieder geworden waren. "Ylva." sagte sie und schloss mich in ihre Arme. Ich sog ihren Duft ein. Als sie mich losließ, brach meine Verzweiflung wie ein Sturm aus mir heraus. Ich war erschrocken, so plötzlich und gewaltig kam er. Noch nie zuvor hatte ich so geweint, so geschluchzt, so einen Schmerz in der Brust gespürt. "So fühlt sich also ein brechendes Herz an?" flüsterte ich schluchzend und meine Mutter nickte still. Wir saßen auf den Stufen, hielten unsere Hände und schauten zu den Rosen. Dort erkannte man einen dunklen Fleck, wo das Blut hingelaufen sein musste. Das Moos sah etwas dunkler aus. Mein Vater lag wohl den ganzen Tag und die ganze Nacht dort, bis der Postbote ihm eine Sendung bringen wollte und ihn dort fand. Man sagte uns, dass er wohl gestolpert sei und ungünstig gefallen wäre. Wäre meine Mutter bei ihm geblieben, statt zu mir zu fahren, hätte er wohl den Tag im Bett verbracht. Mit einer Wärmflasche und heißem Tee. Sicher hätte er getobt, weil die Rosen dringend geschnitten werden mussten. Vielleicht wäre er auch aufgestanden, trotz Schmerzen. Er hatte seine Prinzipien, an die er sich hielt. Und waren sie noch so unsinnig. Wäre meine Mutter zu Hause geblieben, hätte sie die Rosen schneiden können. Einen Arzt rufen können. Irgendetwas. Ich erinnerte mich an ihre Unruhe am Abend. Fühle mich schuldig. Meinetwegen ist sie weggefahren. Es fühlte sich an, als hätte ich ihn auf dem Gewissen. Der Polizist sagte mir stockend, dass das Blut an seinem Kopf nicht zu der Wunde passte. Sie sah sauber aus, als hätte man die Wunde gereinigt. Er wurde untersucht und es wurde festgestellt, dass sie Tierspeichel gefunden hatten. Mir wurde schlecht und ich sagte ihm, dass ich die Einzelheiten nicht wissen möchte.

Ich erinnere mich kaum an die folgenden Tage. Die Beerdigung und die Tage danach spulten sich ab, als wäre es ein Film und ich würde ihn mir vom Sofa aus ansehen. Ich war nicht dabei, stand neben dem Bildschirm. Es war alles so unecht. Meine Mutter erzählte mir, dass mein Vater den ganzen Tag, bevor sie zu mr fuhr, im Garten gearbeitet hatte. Dass er über Schwindel geklagt hatte. Übelkeit. Dass sie mir auch erst absagen wollte. Aber dass sie mich so sehr vermisste. Ich nickte und hatte doch keine Ahnung, von was sie sprach. "Er hielt noch eine verblühte Rose in der Hand" sagte ich leise zu meiner Mutter, als wir abends vor dem knisternden Kamin saßen, während sie auf ihre eigenen Hände sah. "Es ging schnell. Hat der Arzt gesagt. Ihm war wohl schwindelig. Der Kreislauf. Der Flüssigkeitsverlust durch den Durchfall. Der Stein tat sein Übriges." Wir schwiegen. Alles war unwichtig. Die Stille begann, in mir zu toben. Es ließ nicht nach. Auch nicht, als die Beerdigung lange vorbei war. Nicht, als ich zwei Wochen später wieder im Süden des Landes war. Sie begleitete mich. Tag und Nacht. Ich trug die Kette wieder, die mein Vater mir damals geschenkt hatte. Sein letztes Geschenk. Wenn ich ihre Kühlheit auf meinem Schlüsselbein fühlte, erinnerte ich mich an ihn. Der Stein schimmerte hellblau, wie Mondlicht. Ich sah ihn lächelnd vor mir.

Von nun an besuchte ich meine Mutter, sooft es ging. In den Semesterferien, Weihnachten. Immer, wenn Zeit war. Ich sah sie nur noch ein einziges Mal weinen. Zum Geburtstag vor zwei Jahren schenkte ich ihr eine Katze. Sie war so alleine in unserem Haus, mitten im Wald. Und sie mochte meinen Kater Neo doch so sehr. Ich konnte ja nicht ahnen, dass der Krebs sie bald holen würde. Meine Mutter freute sich und klatschte lachend in die Hände, als ich mit einer Transportbox und einem miauenden Tier vor ihrer Tür stand. Sie nannte sie Robin, Rotkehlchen. Als meine Mutter schwach wurde, konnte sie sich nicht mehr gut kümmern. Der Pflegedienst kümmerte sich um meine Mutter aber nicht um die Katze. Eines Tages kam Robin nicht mehr nach Hause. Ich war zu der Zeit bei ihr und die Tränen liefen an ihren Wangen herunter und erreichten ihr weißes Nachthemd. Ihr offenes Haar hatte fast dieselbe Farbe, bemerkte ich. Sie lag in ihrem Bett, weinte bittere Tränen und ich

konnte nichts tun, als ihr beizustehen.
Rahel. Mutterschaf.

Auf demselben Fleck, auf dem ihr Bett
stand, stand nun meines. Ich öffnete das
Notizbuch. Und las.

14.

Feine geschwungene Wörter. Sie
fesselten mich. Sie zeigten meine Kindheit
in einem anderen Licht. Sie zeigten meinen
Vater in einem anderen Licht. Sie schrieb:
"Es fängt wieder an. Er hat gesagt, jetzt wo
Ylva fort ist, braucht er keine Füchse mehr
töten. Er hat ja mich. Es wird immer
schlimmer, wie ein Tier lebe ich tagein
tagaus und ertrage seine Launen."

Worte aneinandergereiht wie Perlen an
einer Schnur. Meine Tränen liefen.
Fassungslosigkeit überrollte mich. Und ich
las noch einmal alles. Es ergab sich ein
Bild, dass nicht vollständig war. Etwas
fehlte. Ein Puzzlestück. Ich schloss die
Augen und hörte den Wind draußen. Er
wirbelte um das Haus und ich musste

daran denken, wie ich meinem Vater zusah, als er die Falle aufstellte. Mir kam der Tag in den Sinn, als ich nach dem regnerischen Tag am Fuchsfell lehnte und den Staub einatmete, meine Hände in seinem roten Fell vergrub. Ich dachte an die Rattenplage. An meine Katze Neo. Und an den Tag, als ich dem Fuchs beim Sterben in die Augen sah.

Herbstferien. Mein Vater nahm mich jeden Tag mit in den Wald, um die Falle zu kontrollieren, die wir gemeinsam aufgestellt hatten. Oft pfiff er ein Lied auf dem Weg durchs Unterholz. Ich hielt seine Hand, er hielt meine und ich spürte das Glück und die Liebe. Im Takt seines Liedes schwenkte er unsere Hände in die Luft, bis ich lachen musste. Am siebten Tag war es so weit. Ich spürte es, als wir uns dem umgestürzten Baum näherten. Ich kann nicht genau sagen, was es war, aber irgendetwas war anders. "Es liegt was in der Luft." hätte meine Mutter wohl lächelnd gesagt. Wir erreichten das Gebüsch, den feuchten alten Stamm und blickten auf einen toten Fuchs. Ich schlug die Hände vors Gesicht, der Anblick ließ mich sofort zittern und weinen. Er war mit der Schnauze in die Falle geraten. "Der arme Fuchs!" schluchzte ich laut und konnte nicht hinsehen. "Was denn, was denn, Ylvy. Es ist schnell gegangen. Eine Sekunde nur. Er hat es gar nicht mitbekommen." Er pfiff sein Lied weiter, als wäre nichts. Befreite den Fuchs mit geübten Fingern aus der Falle und wischte sich die Hände kurz an seiner Hose ab. "Ein Prachtexemplar." murmelte er. Rote Spuren auf der Jeans. Blutige Finger und Handflächen. Diese Rot ging mir lange nicht aus dem Kopf. Er verstaute die Tellerfalle in einer Plastiktüte und dann im Rucksack, hielt den Fuchs, der kein Gesicht mehr hatte in der linken Hand und reichte mir seine rechte. Ich schüttelte den Kopf, einige Haare blieben dabei in den Tränen auf meinen Wangen kleben. Sein Blick verfinsterte sich. "Du bist wie deine Mutter." sagte er leise und bedrohlich und hielt mir seine Hand weiter hin. Ich erschrak. Und nahm sie. Sie fühlte sich anders an. Das Blut war schmierig, war halb geronnen und ich glaubte, es zu riechen. Der Geruch von Eisen oder Rost. Den ganzen Weg nach Hause liefen Tränen über mein Gesicht, die ich nicht verbergen konnte. Ich wollte ihn loslassen, ihm meine Hand entreißen, tat es aber nicht. Als meine Mutter mich sah, war ihr Blick eine Mischung aus Mitleid und Entsetzen. Sie hob mich hoch und umarmte mich. Trug mich ins Badezimmer. Ich klammerte mich an sie, streckte meine linke Hand, auf der das Blut des Fuchses klebte, weit weg von unseren Köpfen und vergrub mein Gesicht in ihrem Haar. Ich war verheult und verängstigt. Wollte meinem Vater aus dem Weg gehen, ihn nicht sehen, damit ich nicht mehr an diesen Abend denken musste "Du bist wie deine Mutter" hallte es in meinem Kopf nach. Ich verstand nicht, was er meinte. Wusste aber, dass es nicht nett gemeint war. Abwertend. Ich war elf und fühlte mich klein und unbedeutend. Auch in der Badewanne und später, als meine Mutter abends an meinem Bett saß und leise sang, bekam ich das Bild nicht aus dem Kopf: Statt Nase und Augen, sah ich bei dem Fuchs nur eine rote Masse. Wie Matsch. Ich hörte innerlich das fröhliche Pfeifen meines Vaters und sah das Blut an seinen Händen, seiner Hose und letztendlich auch: an meinen Händen.

"Sag ihm, dass er aufhören soll, Mama."
Sie stoppte ihren Gesang und ihre grauen
Augen sahen in meine grauen Augen. "Die
armen Füchse." weinte ich. Sie strich über
mein frisch gewaschenes Haar und schaute
mich weiter an. "Das geht nicht, Ylva."
"Doch. Es muss gehen. Die armen Füchse."
Meine Traurigkeit und Furcht waren groß
und umklammerten mich wie ein
Fangeisen. Eines mit glänzenden, geölten
Zähnen. Ich wollte ihr begreiflich machen,
dass alles falsch war. Der Schmerz. Die
Gewalt der Falle. Dass die Fuchskinder nun
auf Papa oder Mama warteten und vor
allem: wie grausig der Anblick ins Gesicht
des Fuchses war. An diesem Tag im Herbst
wurde mir bewusst, wie falsch es sich
anfühlte. Was für schreckliche Dinge mein
Vater tat. Ich konnte nichts sagen. Kein
Wort. Nur fühlen und schluchzen und
zittern. Ich drückte ihre Hand. Niemals
sollte sie mich loslassen. "Weißt Du, es ist
so," sie hielt inne, sprach dann leise weiter
"dein Vater und ich, wir haben einen Pakt."

Es war das letzte Mal, dass ich meinen
Vater in den Wald begleitete.

15. (Rahel)

Der Pakt. Unser Pakt. Er galt nicht länger, war vorbei. Als Ylva die Tür das letzte Mal hinter sich zuzog, verlor er seine Kraft.

Bruno musterte mich, als er abends aus dem Schuppen kam. "Du weißt, was das bedeutet?" Ich nickte bloß, sah auf meine Schuhspitzen und die Wut kroch in mir hoch. Mit ihr die Angst. Einundzwanzig Jahre waren vergangen. Einundzwanzig Füchse mussten sterben. Einundzwanzig Jahre hatte ich Ruhe vor ihm. Ylva war fort und mein altes Leben schien von vorne zu beginnen. Angst kroch in mir hoch und verengte meine Kehle.

Ich lernte Bruno kennen, als die Schafschur stattfand. Er war mit seinem Vater auf unserem Hof und unsere alten Herren beredeten etwas, als unsere Blicke sich trafen. Es war wie ein Blitz. Wir heirateten schon kurze Zeit später. Im

Sommer unseres Lebens standen wir. Hatten erste Lachfalten und Brunos Schläfen wurden früh grau. Die Welt war schön und ich war verliebt. Es war nicht immer einfach, seine Unbeherrschtheit begann schon nach wenigen Wochen. Doch nach der Hochzeit begann Bruno, sich richtig zu verändern. Er hatte den Jähzorn seines Vaters geerbt, entschuldigte er sein Verhalten, wenn er mich scheinbar grundlos anschrie. Die erste Ohrfeige ließ nicht lange auf sich warten. Schlimmeres geschah. Viel Schlimmeres. Ich möchte auch heute alles in die hinterste Ecke meines Kopfes schieben. Dort ist eine Schublade, die ich nie mehr öffnen werde. Nicht in hundert Jahren.

Schon bald wurde ich schwanger.

Mein Vater gab mir den Namen Rahel. Da sein Lieblingsschaf an diesem Tag starb. Nun würde ich selbst Mutter werden, wie ich es mir schon immer gewünscht hatte.

Bruno freute sich auf unser Kind und als er erfuhr, dass es ein Mädchen werden würde, war er außer sich vor Glück. Wenn ich im Bett lag und ihre Tritte an meiner Bauchwand spürte, stellte ich mir vor, wie ich sie beschützen könnte. Als ich im siebten Monat schwanger war, starb mein Vater. Die Schafe wurden geschlachtet und ich dachte, ich würde nie mehr glücklich werden. Es gibt Familien, die sind groß und voller Glück und Lebensfreude. Und dann gibt es Familien, wie meine. In der sich Tod und Leben wie an einer Kette fädelten. Geburt, Tod; Tod, Geburt. Aber dann war Ylva da. Liebe und Traurigkeit gingen Hand in Hand. Sie war klein und zerbrechlich. Ein Vogel, der aus dem Nest gefallen war. Bruno schaute sie an, als wäre sie ein Wunder. Das erste Mal sah ich echte Liebe in seinen Augen. Rein. Ehrlich.

"Wenn du mir auch nur ein Haar krümmst, wenn du Ylva auch nur ein Haar krümmst, Bruno, dann siehst du uns nie wieder!" sagte ich leise zu ihm. Meine Stimme zitterte. Er saß auf der Bettkante, hielt Ylva im Arm und seine Augen verdunkelten sich. "Was meinst du?" er wiegte sie mit einer Sanftheit, dass ich dachte, er wäre ein anderer Mensch. "Ich würde ihr nie etwas antun. Wir sind aus einem Holz."

Es ist seltsam, dass in ihm zwei verschiedene Personen wohnten. Der Vater, der eine Liebe an den Tag legte, die ich nie für möglich gehalten hätte und der Ehemann, der auf seine Frau spuckte, während sie wimmernd und mit gebrochener Nase am Boden lag. "Versprich es mir, sonst wirst du es bereuen, das schwöre ich. Wir verlassen dich dann." zischte ich.

Er lachte und Ylva begann, unruhig zu werden. "Gib sie mir!" sagte ich und streckte meine Arme nach ihr aus. "Verdammt, Rahel. Habe ich nicht jedes Mal gesagt, dass es mir leidtut? Ich bin auch nur ein Mann, hörst du?" er hielt sie fest an sich gedrückt und sagte dann nach einigen Augenblicken: "Gut. Ich verspreche es. Solange sie bei uns ist, werde ich mich zusammenreißen. Zumindest versuche ich es." War es wahr? Hatte er gerade ein Versprechen abgelegt? Ich starrte ihn unverhohlen an. Ein Hoffnungsfunke begann zu schimmern. Die Schwester kam rein und sagte mir, dass ich jetzt schlafen müsse. Bruno küsste Ylva auf die Stirn und ging. Ich sah meine Tochter an. Glaubte nicht an sein Versprechen. Aber er hielt es, so gut er eben konnte. Weder hatte ich in den folgenden Jahren ausgekugelte Arme, noch schlug er mir einen erneuten Nasenbruch. Er war gemein und grob, es war allerdings nichts, was ich nicht ertragen konnte. einundzwanzig Jahre ging das Leben seinen Gang. Mein Haar war noch immer so rot, wie das eines Fuchses.

Wenn ich in den Jahren nach seinem Versprechen in den Schuppen ging, sah ich die aufgereihten Felle. Wusste, dass ich dort eigentlich hing. Er setzte ein Zeichen. Jedes Jahr. Bis Ylva die Tür hinter sich zuschlug und ihrer Wege ging.

16.

"Erzähl mir von Papa." "Was möchtest du hören?" meine Mutter strickte. Die Nadeln klackerten regelmäßig, bis sie ihre Handarbeit wendete. Eine kurze Pause entstand, dann hörte man wieder den regelmäßigen Takt. "Na, irgendetwas Schönes." Das Klackern stoppte. Sie überlegte. "Weißt du, dass sein Haar schon mit Anfang dreißig begann, grau zu werden?" sie lächelte. "Ist das was Schönes?" "Nein," kicherte ich vorwurfsvoll und zog die Beine zu mir ran. "Obwohl, ich bin jetzt dreißig und habe noch kein einziges graues Haar. Und bei dir hat es ja auch spät angefangen, Mama." Sie vollendete meine Gedanken: "Nun, wir haben Glück. Es ist also für uns... doch was Schönes." Wir brachen in schallendes Gelächter aus. Als wir uns wieder einkriegten, war mir bewusst, dass wir uns gerade über einen Toten lustig gemacht hatten. Noch dazu meinen Vater. Unser Lachen stoppte, ich sehe noch die die feuchte Spur einer Lachträne auf ihrer Wange glänzen. Sie erzählte mir, wie sie ihn kennengelernt hatte. Wie verliebt sie war. Sie sagte, dass sie zu diesem Zeitpunkt schon geglaubt hatte, dass sie den Rest ihres Lebens alleine verbringen müsste. Mit einunddreißig war der Zug damals schon fast abgefahren. Etwas Neues erfuhr ich nie von meinem Vater, es waren immer dieselben Geschichten: Kennenlernen,

Hochzeit, als ich das Licht der Welt erblickte. Neue Fragen winkte sie ab, sagte: "Du kanntest ihn doch. Da gibt es nichts weiter zu erzählen." Als wollte sie den Rest ihrer Erinnerungen nicht teilen, für sich behalten. Verstecken. Erst jetzt verstand ich, dass sie wollte, dass ich eigene Erinnerungen an ihn hatte. Gute. Ganz andere als ihre, die schwer auf ihren Schultern lagen. Sie wollte mich nicht belasten. Wollte, dass ich meinen Vater mit meinen liebenden Augen sah. Nicht mit Ihren, die das Leuchten nach der Hochzeit bald einstellten.

Mein Blick war nun trotzdem getrübt. Entgegen ihrem Wunsch. Nach dem Lesen ihrer Aufzeichnungen sah ich ihn mit den grauen Augen meiner Mutter. Fühlte ihren Schmerz. Ihre Angst. Ihre Hilflosigkeit. Als ich in die andere Ecke des Landes fuhr, um mein junges Leben zu schmecken, mussten ihre Gefühle so übermächtig gewesen sein, dass in ihr ein Plan heranreifte. Wie ein zarter Keimling wuchs er empor, entfaltete seine Blätter und sorgte dafür, dass sie Mut fasste. Für einen Entschluss.

Die Eisheiligen waren vorbei und ich schleppte meine drei Pflanzen nach draußen. Aus den kleinen Bohnen waren inzwischen Bäumchen geworden. Ihre gefingerten Blätter strichen über meine Wangen, als ich sie einzeln nach draußen trug. Die Erde an der Hauswand war lehmig. Drei Löcher hatte ich dort gegraben und meine Hose war an den Knien erdig und nass. Sie klebte an der Haut. Nachdem ich de Wurzelballen mit Erde bedeckt hatte und die Gießkanne ein zweites Mal nachgefüllt hatte, stand ich vor den Pflanzen und betrachtete mein Werk. Bald wäre Sommer. Schon jetzt war das Wetter warm und ich schwitzte. Die Sonne stand im besten Winkel, beschien die Hauswand und wärmte meinen Rücken, während die Insekten rundherum flirrten und auf der Suche nach Nahrung waren. Es war kein besonderer Moment, aber mir schien er gerade: perfekt. "Wie Hände!" dachte ich und legte meine Finger auf eines der großen Blätter. "Gimme five!" schmunzelte ich und klatschte mit der Pflanze ein. Wie die Pflanze hieß, wusste ich nicht, nur, dass ich sie wunderschön und irgendwie magisch fand. So schnell wachsend, immer durstig und sie passte so gar nicht zu den anderen Gewächsen ringsum. Weder zu den Möhren noch zu dem Salat oder den Wicken, die am Zaun rankten. Würden die Bäumchen weiter so wachsen, überragten sie mich bald. Mir fiel das Bild aus dem Notizbuch ein, dass herausgerutscht war. Meine Mutter lachend mit zurück geworfenem Kopf. Im Hintergrund ein exotisches Gewächs. Später, nahm ich mir vor, würde ich es noch einmal genau ansehen.

17.

„Das ist mein Wald!" tobte mein Vater. „Keiner verbietet mir, was ich in meinem Wald tun darf und was nicht!" Sonntagmorgen. Mein Vater knallte die Zeitung auf den Fußboden. Wir saßen am Küchentisch und ich erschrak wegen des plötzlichen Ausbruchs. Vierzehn war ich und mir rutschte heraus, während ich von meinem Honigbrot abbiss: „Der Wald gehört Mama. Sie hat ihn geerbt." Er wurde rot im Gesicht. „Gleich schlägt er mich!"

dachte ich, hörte auf zu kauen und traute mich kaum, ihn anzusehen. Gleich würde ich die erste Ohrfeige meines Lebens bekommen. Meine Mutter legte ihr Besteck beiseite, sagte nur ein Wort: „Bruno!" So schnell, wie sein Ausbruch kam, so schnell flaute er wieder ab. Er schnaufte und mit zusammengepressten Lippen sagte er: „Ich habe deine Mutter geheiratet, das bedeutet: Was ihr gehört, gehört auch mir." Dann stand er auf, steckte die Hände in die Hosentaschen, um seine Fäuste zu verstecken und verschwand im Schuppen. Es war das Jahr vor der Rattenplage. Das Jahr vor Neo. Ich hob die Zeitung vom Boden auf, weil ich wissen wollte, was ihn so wütend gemacht hatte. Auf der zweiten Seite stand, dass Tellerfallen ab sofort verboten seien und nicht mehr für den Tierfang gestattet waren. Der Tierschutz wurde in den Jahren meiner Jugend nach für nach ausgebaut, erreichte auch unser Haus im Wald. „Mama, schau, keine toten Füchse mehr." Grinste ich sie an und biss vom Brot ab. Ich reichte ihr die Zeitung und sie runzelte beim Lesen die Stirn. „Er wird sich nicht daranhalten, Ylva." Sie stand auf, räumte den Tisch ab.

Es war so, dass ich es nicht anders kannte als bisher. Ich war zwar tierlieb, aß dennoch Fleisch und hätte, ohne zu zucken, ein Huhn schlachten können. Ich wusste, wie man es machte. Mein Vater hatte mir all das beigebracht. In meinem Leben gab es Jagd und den leckeren Eintopf meiner Mutter. Es gab auch Rattengift und, natürlich, die Wanne im Schuppen, in der die Organe der toten Füchse aufgefangen wurden. Gleichzeitig warf ich Spatzen und Krähen Krümel hin und freute mich, wenn mir eine herumstromernde Katze um die Beine strich. Die Zeit der Massentierhaltung und der Gegenbewegung der Veganer hatte uns noch nicht erreicht.

Es gab Momente, in denen ich es schwer aushalten konnte, ein totes Tier zu sehen. Aber die meiste Zeit machte ich mir keine Gedanken darum. So war es einfach. Vielleicht lag es daran, dass ich keine Bindung zu den Tieren hatte. Es war wie bei den Menschen: wir liefen uns über den Weg, grüßten uns vielleicht, aber am Ende des Tages hatte man es vergessen. Wenn ein Mensch starb, den ich kaum kannte, kümmerte es mich nicht. Bei den Tieren war es ähnlich. Der Fuchs mit dem weißen Fleck und der Fuchs ohne Gesicht waren mir in Erinnerung. Den zu ihnen hatte ich eine Beziehung: sie war nur in meinem Kopf, aber sie war da. Feine Fäden, die in meine Vergangenheit führten. Wenn ich alt sein wäre, würde im Kopf ein Netz dieser Fäden sein. An jedem Ende würde ein Mensch oder ein Tier stehen, dass mir etwas bedeutet hatte. Ich war jung, es gab noch kein Netz. Und ehrlich gesagt, wollte ich auch keines.

Mein Vater wird sich durch dieses neue Gesetz nicht aufhalten lassen, meinte meine Mutter. Ich hoffte so sehr, dass sie Unrecht hatte.

18.

Der letzte Schultag meines Lebens. Mein Abiturzeugnis steckte in einer Folie in meinem Rucksack. Frei fühlte ich mich. All die Schuljahre, die hinter mir lagen. Es kam mir so vor, als hätte ich fast mein gesamtes Leben auf einem unbequemen

Stuhl im Klassenzimmer verbracht. Die vielen Wege zur Schule. Im Winter kämpfte ich mich durch den Schnee, im Sommer machte ich mit Freunden oft einen Abstecher ans Meer, bevor ich mit dem Rad oder zu Fuß nach Hause ging. Einige aus meiner Klasse wollten den letzten Schultag am Strand feiern. Wir kauften uns Bier im Dorfladen und der Verkäufer grinste uns wortlos an. Beim Kassieren sagte er: "Na dann viel Spaß, Jungs und Deerns. Passt auf, dass das Petermännchen Euch nicht erwischt!" Wir lachten über diesen zweideutigen Witz. Erst saßen wir am Wasser, schauten auf die See und schwiegen. Das kalte Seewasser schwappte über den Sand und lief dann langsam aus. Das Bier schmeckte so gut, lief kalt die Kehle hinunter und der Alkohol ließ alles so einfach erscheinen. Freiheit! Die Welt entdecken! Raus aus dem kleinen Dorf. Aber zuerst: Das süße Nichtstun genießen. Ich hatte mit meinen Eltern ausgemacht, dass ich erst ein bisschen im Dorfkino arbeiten würde. Geld verdienen und sparen und hoffentlich würde ich mir über meinen weiteren Berufsweg klar werden. Ein oder höchstens zwei Jahre würde ich noch bei ihnen wohnen bleiben. Ich brauchte eine Pause von der langen Schulzeit, sagte ich zu meiner Mutter, die mich umarmte und mir sagte, wie sehr sie mich lieben würde und dass ich, solange ich wollte, hier wohnen könnte. Ihr fiel in Stein vom Herzen, dass ich bleiben wollte. Mein Vater zuckte nur mit den Schultern, raunte ein "Du wirst deinen Weg schon finden." und somit war es beschlossene Sache.

Als es kühler wurde, zogen wir uns in die Dünen zurück. Wir waren angeschwipst, lachten und einige erzählten von ihren Zukunftsplänen. Pilot wollte einer werden. Seit seiner Kindheit. Modedesign studieren. Tiermedizin. Es schien, als kannte jeder außer mir seinen Weg.

Es war der letzte Schultag. Das letzte Mal, das Gefühl, als würden die Sommerferien starten. Hach! Das Strandgras bewegte sich und kitzelte an meinen Kniekehlen.

Nach und nach verabschiedeten sich meine Klassenkameraden. Wir schworen uns, in Kontakt zu bleiben, aber fast alle sah ich nie wieder. Ein Mädchen, mit dem ich mich gut verstand und die im Englischunterricht neben mir gesessen hatte, begleitete mich ein Stück. Wir umarmten uns an der Wegkreuzung und ich roch ihr Shampoo. Vanille. Sie drehte sich noch einmal um und dann schluckte die Dämmerung sie. Den Rest meines Weges setzte ich allein fort und kam bald an den schmalen Weg, der zu unserem Huas führte. Die Solarleuchten waren schon angesprungen. Punkte in der Dunkelheit, denen ich jetzt folgte. Vom Bier war mir ein bisschen schwindelig und als ich fast stolperte, musste ich kichern.

Wenn man den Wald betritt, stellt sofort jedes Tier seine Aktivität ein. Die Mäuse rascheln nicht mehr im Unterholz, die Eichhörnchen verharren am Tag in ihrer Position und beobachten einen aus sicherer Entfernung. Rehe bleiben wie angewurzelt stehen und hoffen auf die Tarnung durch ihr Fell. Erst nach einer Weile, wenn sie denken, es droht keine Gefahr, gehen sie ihren Tätigkeiten wieder nach. Ich bemerkte es jedes Mal, wenn ich einen Wald betrat. Tagsüber warnten oft die

Eichelhäher mit ihrem grellen Ruf ihre Artgenossen, wenn ich von der Schule kam. Vielleicht wusste Neo deshalb, wann ich das Haus erreichen würde, überlegte ich.

Schließlich sah ich unsere Terrasse. Und zwei kleine Schatten. Ich blieb stehen und kniff meine Augen zusammen. Im Kopf drehte sich alles ein bisschen. Im fahlen Licht erkannte ich Neo. Die spitzen Ohren waren aufgerichtet, er schaute mich unverwandt an. Neben ihm, etwas größer, saß - das konnte unmöglich sein! - ein Fuchs. Sie sahen zu, wie ich näherkam und ich dachte noch, ich bildete es mir ein. Als ich nur noch wenige Meter entfernt war, sah ich, dass der Fuchs ein weißes Ohr hatte. Sein Schweif war buschig und lag um seinen Körper, bedeckte seine Pfoten und die Spitze wippte leicht auf und ab. Ich könnte schwören, dass er mir einen vorwurfsvollen Blick zuwarf: "Du hast meine Mutter getötet. Und nun hole ich deine!" sagte er. Mir fröstelte. Als Neo zur Begrüßung sanft miaute, sprang der Fuchs auf und verschwand im Dickicht. Ich starrte zu er Stelle, wohin er verschwunden war, aber da war nur Dunkelheit. "Hast du einen neuen Freund?" fragte ich meinen Kater, wie um mich selbst zu beruhigen. Denn seine Funde waren hoffentlich auch meine Freunde. "Komm Neo, wir gehen rein." Ich hob ihn hoch und ging in das Haus. Die Dielen knarrten leicht, als ich durch den Flur tapste und Neo schnurrte und maunzte in mein Ohr.

Am nächsten Morgen war ich mir nicht mehr sicher, ob ich wirklich einen Fuchs gesehen hatte. Friedlich neben Neo. Burgfrieden, dachte ich. Dazu noch auf unserem Grundstück, auf das Füchse sich laut meines Vaters nicht trauten. War er da gewesen oder hatte der viele Alkohol zusammen mit der Dämmerung meine Sinne getäuscht?

Beim Frühstück machte ich einen großen Fehler. Ich erzählte meinem Vater davon. Noch heute ist dies eines der Dinge, die ich am meisten im Leben bereue.

19.

Je älter ich wurde, desto fremder wurde mir mein Vater. Als ich klein war, war er alles für mich. Ich liebte ihn. Immer. Aber mein unbeschwertes Gefühl war irgendwann abhandengekommen. Das Herumwirbeln an den Händen, Erklären von Dingen, das Sitzen auf seinem Schoß, während wir kleine Holztiere schnitzten. Stockbrot im Garten über dem Lagerfeuer. Die Liebe zur Natur, das Leben in der Natur, mitten im Wald. Diese ganzen schönen Kindheitsmomente verblassten nach und nach. Denn ich war nun fast erwachsen und wenn mein Blick auf seinen traf, sah ich Wehmut in seinen Augen. Und Stolz. Vor allem aber: Traurigkeit. Sein Haar war schon grau, sein Gang jedoch noch immer der eines jungen Mannes. Kräftige, braun gebrannte Unterarme, die einen Kontrast zu meiner blassen Haut bildeten. Für immer würde ich sein Mädchen bleiben, das wusste ich. Nur war er für mich nicht mehr der Held meiner Kindheit. Der Mir das Leben erklärte, wie es zu sein hatte. Andere Vorbilder hatten sein Bild verdrängt. Musiker, Schriftsteller, der Junge namens Erik, der mir verliebte Blicke zuwarf, wenn wir uns im Dorfkino trafen, um dort die Popcornmaschine anzuwerfen.

Wenn man klein ist, denkt man, man ist mit seinen Eltern verbunden. Ist eins mit ihnen. Je älter man wird, desto mehr spürt man seine Unabhängigkeit und Individualität. Erfährt, dass man eigene Gedanken und oftmals eine eigene Meinung hat. Dass man ein eigener Mensch mi eigenem Leid und Schmerz ist.

Ich dachte nicht mehr an das Stockbrot im Garten oder mein altes Schnitzmesser, sondern an meinen zukünftigen Weg. Wohin mich das Leben treiben würde. Studienfach, Großstadt, neue Freunde suchen und finden. Tausend Ideen waren in meinem Kopf und wirbelten herum wie ein Orkan. Gleichzeitig hatte ich die Nase voll vom ewigen Lernen und hatte Gefallen daran gefunden, in den Nachmittags- und Abendstunden im kleinen Kino zu arbeiten. Geld zu verdienen, schenkte mir ein neues Gefühl. Unabhängigkeit in erster Linie. Und auch, dass ich gebraucht wurde. Erik brachte mich nach der Arbeit manchmal mit seinem Motorrad nach Hause. Mein

Haar flatterte unter dem Helm und wenn ich mich an ihm festhielt, klopfte mein Herz laut in meinen Ohren.

Mein Vater und meine Mutter spielten nicht länger die Hauptrolle, sie waren Randfiguren geworden, während ich die Hauptdarstellerin in meinem Leben war. Sie waren der Anker, der immer da war, am Grund der See. An dem ich mich festhalten konnte, bräuchte ich ihn. Das weite Meer mit seinen Wellen und der unergründlichen Tiefe waren spannender für mich geworden.

Ich lag auf dem Bett und schaute das verblichene Bild meiner Mutter an. Wildes Haar. Eine exotische Pflanze mit riesigen Blättern im Hintergrund. Ich höre sie auf dem Totenbett sagen, dass die Hand Christi sie beschützt hat. "Gimme five, Pflanze." Eine Ahnung glimmt auf. Aus dem Wohnzimmerregal hole ich einige Gartenfachbücher, mache mir eine Kanne Tee, krame die Schokolade aus der Schublade und lege mich bestens ausgestattet für eine Lesestunde zurück ins Bett.

20.

"Ylva, das Stück hinter dem Beet ist tabu
für dich!" der Zeigefinger meines Vaters
hing drohend in der Luft, seine Stimme
war ernst aber ohne jeden Unterton. Er
wollte mir nur etwas mitteilen, schloss ich
daraus. "Als wenn ich im Tieferschatten
meine Zeit verbringen würde." ich rollte
mit den Augen. "Ich habe besseres zu tun,
als am Gartenrand unter den
Brombeerhecken zu sitzen." Er atmete
erleichtert aus und sah mich mit seinen
braunen Augen an. Dann nahm er meine
Hand und zog mich mit sich. "Ich hab noch
was für dich." Ich sah die Lachfältchen um
seine Augen und fragte mich, aus welcher
Zeit sie wohl stammten. Denn er war kein
fröhlicher Mensch. Stets nachdenklich und
meist in Gedanken verloren.

Als er mir ein kleines Holzkistchen gab,
dass auf der Werkbank stand, strahlte er
mich an und seine Falten wurden tief und
schön. In dem Kästchen lag auf schwarzem
Samt eine silberne Kette. An ihr ein

blassblauer Anhänger. "Hab ich in der Auslage der Pfandleihe gesehen." er kratzte sich verlegen am Bart. "Ich dachte, sie gefällt dir bestimmt." "Sie ist wunderschön, Papa!" Stürmisch umarmte ich ihn und als er mir half, den Verschluss zu schließen, war ich glücklich. Mein Vater erkannte endlich, dass ich eine Frau geworden war. Zwar stand ich noch nicht mit beiden Beinen im Leben, aber ich war nun volljährig. Die Zeit der Schnitzmesser und der Latzhosen war endgültig vorbei. Er hatte mir tatsächlich ein Schmuckstück geschenkt. Ich schaute ihm in die Augen. Er schaute in meine. Vater und Tochter. Dasselbe Blut. Wir entfernten uns innerlich immer weiter voneinander, das wusste ich. Es ist der Lauf der Dinge. Doch egal, wie diese Entfernung wuchs, wir hatten doch dasselbe Blut. Der Stein erinnert mich auch heute noch an meinen Vater: an das Gute in ihm. Auch an das Böse in ihm. Manchmal haben meine Augen dieselbe Farbe: fahles blau. In der Nacht, in der ich beschloss, fortzugehen, schien der Vollmond am Himmel und tauchte unseren Garten in dieses Licht.

21.

Die Hitze ließ mich kaum schlafen. Es war Hochsommer und Tag und Nacht surrten die Mücken um mich herum und ließen mir keine Ruhe. Die Luft war feucht und der Garten wurde zu einem Biotop. Während die Pflanzen wuchsen und die Beete eine Pracht waren, wünschte ich mich das erste Mal in mein klimatisiertes Büro zurück. Sogar der Straßenlärm gefiel mir besser als das ewige Summen der Mücken. Am nächsten Tag würde ich bestimmt blutleer und voller Stiche sein, wusste ich. Der Schlaf holte mich endlich zu sich. Mit ihm der Traum, der mich lange nicht losließ:

Mein Vater lag tot neben den Rosen. Ich wollte hinrennen, brachte aber nur winzige Schritte zustande. Es dauerte eine Ewigkeit, bis ich bei ihm war. Da sah ich etwas neben ihm. Einen toten Fuchs. Er lag auf der Seite und sah aus, als wenn er sich nur ein wenig hinlegen wollte. Eine Pause von dem ganzen Jahr. Mein Vater starb an

einem Herbsttag, im Traum war es
Sommer. Ich sah die Insekten, flirrende
Hitze, Dampf stieg vom Moos auf. Je näher
ich kam, umso mehr Details erkannte ich.
Die Schnauze des Fuchses war blutig.
Fliegen saßen auf ihr und leckten am Blut.
Mein Blick schweifte umher, aber ich
konnte die Zähne der eisernen Falle nicht
sehen. Als mein Blick auf meinen Vater fiel,
wusste ich, woher das Blut kam. An seinem
Kopf klaffte eine Wunde. Wahrscheinlich
war er auf einen Stein gefallen. Auf einen
der vielen, die zur Zierde bei den wilden
Rosen lagen. Der Fuchs hatte das Blut
geleckt, bis die Wunde sauber war. Nun
verleibten sich die Fliegen es ein. Die
Nahrungskette nahm einen umgekehrten
Lauf: die Kleinen fraßen die Großen. Ich
sah den aufgeplatzten Schädel und mir
wurde leicht schlecht. Die Augen meines
Vaters waren offen und matt. Die Hitze
hatte die Tränenflüssigkeit verdunstet.
Seine Tränen waren nun in der Luft,
wurden fortgetragen und legten sich als
Tau in den Abendstunden irgendwo nieder,
stellte ich mir vor. In seiner Hand hielt er
eine verblühte Rose, in der sich schon die
Hagebutte bildete. Ich kniete mich neben

beide, schaute ein letztes Mal zu meinem Vater und wendete mich dann dem Fuchs zu. Streichelte ihn und legte meinen Kopf auf seine Seite. Ich roch Staub und leichten Raubtiergeruch. Und noch etwas: getrocknete Kräuter. Ich erschrak und wachte auf.

Es dämmerte. Draußen knackten Äste und die Mücken tanzten noch immer um meinen Körper. Ein neuer heißer Sommertag stand bevor und ich hatte mittlerweile das Gefühl, dass ich auch hier in einem Hamsterrad gefangen war. Meine Abläufe waren ewig dieselben: Aufstehen, Schlafen gehen. Die Stunden dazwischen mit Dingen füllen. Ich hatte in den letzten Monaten erfahren, dass man seinem Hamsterrad nicht entfliehen konnte. Viel wichtiger war es, die Tage so zu füllen, dass man zufrieden war. Nicht die Tätigkeiten waren entscheidend, sondern die Einstellung dazu. Ob ich im Büro Tabellen erstellte, zu Mittag aß und später noch eine Stunde Laufen ging war letztendlich nichts anderes, als hier den Tag mit Arbeit im Garten und im Haus zu verbringen. Egal, wo ich war: die Routine schlich sich immer wieder ein. Ein Tag glich dem anderen, egal, wo man sich aufhielt. Vierundzwanzig Stunden, die sich wiederholten, bis das Leben zu Ende war. Eine Feststellung, die mir guttat. Ich beschloss, mich darauf einzulassen und es einfach hinzunehmen. Die Monate hatten mir gezeigt, dass ich hier genauso glücklich oder unglücklich sein würde, wie in der Stadt. Meine Gedanken waren das Einzige, vor dem ich nicht fliehen konnte, da sie mich überall hinbegleiteten. Ebenso wie die Routine. Sie holte mich ein. Sie gehörte dazu. Strukturierte das Leben und vereinfachte es. Ich wollte meinen Gedanken freien Lauf lassen, sie sollten mir sagen, was ich zu tun hätte. Es war Hochsommer. Bald würde der Herbst beginnen und schon wenige Wochen später wäre mein Sabbatical vorbei und ich musste mir überlegen, wie es weiterging.

Aus den Bäumchen, die aus den kleinen Bohnen gewachsen waren, wurden Bäume. Die Blätter, die eins so groß wie meine Hände waren, erreichten Tellergröße. Morgens drang kein Licht mehr ins Schlafzimmer, stattdessen klopften die großen Hände an die Scheibe, wenn es windig war. Manchmal scharrten sie daran, als würden sie um Einlass betteln. Ich wusste nun, wie diese Pflanzen hießen. Wusste, was meine Mutter meinte, als sie leise sagte, dass sie durch die Hand Christi beschützt wurde. Ihr Geheimnis war gelüftet und lastete nun genauso schwer auf mir, wie diese feuchte Hitze. Ich konnte beidem nicht entrinnen und floh in den Mittagsstunden in den tiefen Wald. Dort war es kühler als auf unserer Lichtung. Wenn ich dort spazieren ging, kamen mir Erinnerungen ans Pilze sammeln hoch. Ich erkannte Orte, an denen ich als Kind Ameisenhügel entdeckt hatte und fand sogar eine alte Höhle von mir: Mein Vater und ich hatten große Äste an einen Baum gelehnt und ein Tipi gebaut. Nun waren die meisten Stämme umgefallen und verrotteten am Boden. Aber es stand dort einmal, war ein Beweis meiner Kindheit. Ich setzte mich auf einen umgestürzten Baumstamm, legte den Kopf auf meine Knie und weinte. Wegen meiner Mutter. Wegen meines Vaters. Wegen Neo. Mein gesamtes Leben kam mir vor wie eine Lüge. Ich hatte einen langweiligen Job, dem ich bald wieder nachgehen würde und hätte sicher ein ganz anderes Leben haben können, wenn ich von so vielen Dingen eine Ahnung gehabt hätte. Von dem Pakt, den meine Eltern hatten, zum Beispiel. Meine Mutter hatte eine Fassade aufgebaut, um mich zu schützen. So viele Jahre. Zwei Jahrzehnte. Vielleicht würde ich noch heute hier in der Gegend leben und Kinokarten abreißen oder hätte in der nächsten Stadt etwas studiert, dass mich angesprochen hätte. Selbstmitleid überflutete mich und niemand war da, der mich vom Boden hochziehen konnte. Eine Stunde saß ich dort, weinte und Tränen und Rotz hingen an meinen roten Haaren. Dann war ich leer. Ganz leer. Auch die Stille war weg. Stattdessen machte sich ein anderes Gefühl breit. Eine Erkenntnis: "Verdammt. Ich kann sein, was ich will und wer ich will!" schniefte ich und stand auf. Mir wurde bewusst, dass man die Vergangenheit nicht verändern kann. Wörter nicht zurücknehmen kann. Taten nicht ungeschehen. Das Einzige, was ich tun konnte, war: Mein Leben so zu gestalten, dass ich glücklich war. Nicht wie meine Mutter. Nicht wie mein Vater. Es ist unwichtig, welche Türen man öffnet, die vor einem sind. Viel wichtiger ist, dass man nicht einzutreten braucht, wenn man es nicht möchte. Man kann eine andere wählen. Vor mir waren zwei Türen: Ich könnte zurück in die Stadt gehen oder hierbleiben. Meine Vergangenheit war nicht mein Schicksal. Meine Mutter war mit ihrem Geheimnis gestorben, hatte zeitlebens ein Leben gelebt, dass sie nicht führen wollte. Mit Angst und Erniedrigung. Später, als ich fort war, alleine und einsam. Mein Vater hatte beschlossen, dass sein Jähzorn unveränderbar sei und dass immer die anderen an allem Schuld waren. Aber ich war ich - war ich - war ich. Dasselbe Blut. Jedoch andere Gedanken.

Ich schwitzte. Mein T-Shirt war nass und meine Haare strähnig. Als ich zurück zum Haus ging, sah ich aus dem Augenwinkel eine Bewegung. Ich glaubte, ich hätte eine Katze im Unterholz verschwinden sehen und musste lächeln.

22.

"Du hast was?" "Na, Neo gesehen. Mit einem Fuchs. Sie haben sich angefreundet" schmunzelte ich. Mein Vater schlug die Faust auf den Tisch und mein Kakao schwappte über. "Jetzt trauen diese Mistviecher sich auf unser Grundstück?" Ein weiterer Faustschlag. "Dem zeige ich es!" Er sprang auf. Meine Mutter saß neben mir und hielt den Kopf gesenkt und die Augen geschlossen. Ihre Hände lagen verschränkt auf der Tischplatte, als würde sie beten. "Wo ist Neo?" "Papa, willst du Neo ausfragen, oder was?" mir rutschte ein kurzes Lachen heraus. Er schaute mich verächtlich an und beim Rausgehen knallte er mit der Küchentür. Plötzlich machte ich mir Sorgen um meinen Kater und stand auf, um ihn zu suchen. Er lag auf meinem Bett. Eingekringelt, wie Katzen es gerne machen. Als ich mich zu ihm setzte, erhob er sich träge, streckte sich und maunzte. "Ich pass auf dich auf. Und du musst deinen Freund warnen, ja?" Er rieb seinen Kopf an meiner Stirn und schnurrte. Abends stritten meine Eltern sich laut. Ich hörte Gesprächsfetzen und wusste, dass es um den Fuchs ging. Mein Vater brüllte seinen Zorn heraus, den ich nicht verstand.

Wieso konnte er nicht darüber lachen und schmunzeln wie ich und meine Mutter, dass zwei so verschiedene Tiere miteinander umher tollten? Sein Hass überrollte mich und das Weinen meiner Mutter schnürte meine Kehle zusammen. "Ich bestimme, wer meinen Garten betritt." donnerte er. "Wenn der Fuchs hier noch einmal auftaucht, knalle ich ihn ab. Es reicht, dass in meiner Küche schon so ein Rotschopf sitzt." Meine Mutter weinte in der Küche und ich weinte oben in meinem Bett, bis ich einschlief. Später wachte ich auf, sie lag neben mir. Zusammengerollt wie eine Katze. Ich legte meine Hand auf ihre Hand und hörte, dass mein Vater mitten in der Nacht das Haus verließ.

Wenn Neo abends auf mich wartete und ich seinen Umriss auf der Terrasse oder hinter der Glasscheibe sah, spürte ich jedes Mal Erleichterung. Ich weiß, dass er oft im Wald herumstreunte. Und weiß auch, dass er hin und wieder den Fuchs traf. An einem Nachmittag half ich meiner Mutter im Garten. Ich hatte nicht viel Zeit, da ich später noch im Kino arbeiten musste und trug genervt und mit Blick auf die Uhr

Unkraut und abgeschnittene verwelkte Blätter zum Kompost. Danach sollte ich noch die Erdbeeren pflücken, damit meine Mutter Marmelade kochen konnte. Als ich ein Geräusch in den Brombeersträuchern hörte, blieb ich stehen und duckte mich etwas. Durch eine Lücke sah ich durch die Hecke und sah Neo, wie er mit dem Fuchs spielte. Sie jagten gemeinsam einen Grashüpfer. Wenn Neo ihn gefangen hatte, hob er die Pfote, der Grashüpfer machte einen halbherzigen Satz mit seinen angekauten Beinchen und Flügeln und dann schnappte der Fuchs ihn sich. Es war ein seltsames und grausames Spiel. Mein Vater hatte mir einst erklärt, dass Füchse von den Hunden abstammten. Sie waren in ihrem Verhalten den Katzen aber viel ähnlicher: die gleiche Lauerhaltung, der gleiche Sprung, wenn sie auf ein Tier losgingen. "Bitte, passt auf euch auf!" flüsterte ich und beeilte mich mit dem Kompost, damit ich endlich loskonnte. Zur Arbeit. Und zu Erik.

Ein anderes Mal saß ich auf den Stufen der Veranda und las. Neo lag auf meinen nackten Füßen. Ich wollte ihn gerade herunter scheuchen, da sie schon begonnen hatten, zu schwitzen. Da hörten wir beide ein Geräusch. Laub, das sich bewegte und dann ein kurzes, helles Bellen. Neo spitzte die Ohren und seine Schnurrhaare waren gespannt und hingen nun nicht mehr herunter, wie noch vor einer Minute. Er machte einen Satz und verschwand im Wald. Zurück blieb ich mit warmen Füßen, auf denen eine Million Katzenhaare klebten.

Der Herbst kam und ging. Mein Vater brachte wieder einen Fuchs nach Hause. Er hielt ihn am Nacken und ich stellte mir die Blutspur vor, die er vom Wald bis hierhergelegt hatte. Einzelne Tropfen, die von den zertrümmerten Vorderbeinen bis zu den Pfoten liefen, dort herunterfielen und den Weg bis zu unserem Haus säumten. Es war ein alter Fuchs. Nicht Neos Freund mit dem weißen Ohr. Mein Vater sah meine Erleichterung und brummte: "Den bekomme ich auch noch. Er muss nächstes Jahr daran glauben, Ylva." Am nächsten Tag ging ich in den Schuppen. Sah die rote Wand aus Fell. Den Fuchs, der sein Leben in die Wanne geblutet hatte und der mit seinem Oberkiefer an einem Haken hing, der sich leicht bewegte, als ich eintrat. Ich sah den feinen Staub auf den Regalen und der Werkbank. In der Ecke, auf einem Wandbrett lag das alte Fangeisen. Es glänzte mich an. Zeigte seine Zähne. Wut überkam mich. Mein Vater hielt sich nicht an das Verbot, umging es seit so vielen Jahren. Ihn interessierten weder Tierschutz noch sonstige Moral. Er hatte seine eigenen Gesetze. Meine Finger berührten die Zähne. Sie waren kalt und geölt. Mich schauderte. Ich könnte es wegwerfen, mit einem Hammer drauf herumschlagen, bis es zerstört war. Nur wusste ich, dass es nichts bringen würde. Mein Vater würde wütend sein, den Abend damit verbringen, mir eine Predigt zu halten und am nächsten Tag einfach ein neues kaufen. Denn der Besitz war weiterhin erlaubt.

Der Winter kam. Der Frühling kam. Ich übernachtete oft bei Erik und hatte durch die Arbeit schon eine kleine Summe ansparen können. Die Tage waren schön und ich schob den Gedanken ans Studium immer weiter auf. Ich genoss das Leben in seiner Einfachheit. Mein Vater fragte mich oft, ob ich den Fuchs mit dem weißen Ohr mal wieder gesehen hatte. Jedes Mal verneinte ich und hoffte, er würde nicht merken, dass ich log. Denn ich hatte ihn wieder gesehen. Im Spätsommer war ich mit Erik im Wald. Er km nicht oft zu mir, mein Vater mochte ihn nicht. Wahrscheinlich würde er nie einen Jungen mögen, den ich küsste und der mich umschlungen hielt und mir seine ewige Liebe versprach. Wenn er mich aber heimbrachte und es noch hell war, zeigte ich ihm die Plätze meiner Kindheit. Wir kamen an den alten Fuchsbau, den mir mein Vater damals gezeigt hatte. Der Sand davor war frisch aufgewühlt und ich musste an Burgfrieden und das Flanellhemd meines Vaters denken. Gerade, als ich Erik fragen wollte, ob er wisse, wie alt Dachse werden, kam eine rote Schnauze zum Vorschein. Dann der Kopf mit unterschiedlich gefärbten Ohren. Zwei Sekunden später war der Fuchs wieder in der Sicherheit seines Baus verschwunden. "Hast du das gesehen, Erik?" Ich war in heller Aufregung.

"Komm, lass uns verschwinden. Wir stören ihn nur.", sagte er, küsste mich flüchtig auf den Mund und zog mich dann mit sich. Ich habe Erik nie von den Fellen erzählt. Nie von dem Fuchs ohne Gesicht. Es war mein Geheimnis. So gerne hätte ich ihm alles berichtet, tat es aber nicht. Es wäre, als würde ich meinen Vater verraten und ich schämte mich für all das. Für das Leid der Tiere. Jetzt weiß ich, dass ich es hätte tun sollen. Es ist schwer, ein Geheimnis zu haben und es tut nicht gut, sich niemandem anzuvertrauen. Es beherrschte mich. Erik hätte es für sich behalten, das weiß ich. Eine Last wäre von mir gefallen. Erst, als ich Jahre später in meinem Büro saß und von dem Puls der Stadt und neuen Menschen umgeben war, konnte ich das Gefühl der Scham ablegen: Hier gab es keinen Wald, keine Fuchsfallen und keine blutigen Haken. Hier war ich ein anderer Mensch. In meinem Hehren wuchsen Bäume und fielen Bucheckern zu Boden. Ich kannte die Namen sämtlicher Insekten, die im Garten zuhause waren. Aber hier saß ich an dem modernen Schreibtisch, hatte eine Bluse an, trug Wimperntusche und unterhielt mich mit meinen Kollegen über das beste Café in der Stadt. Mein ursprüngliches Leben hatte ich abgelegt wie eine Kette. Keiner fragte mich, wer ich wirklich war. Keiner wollte hören, dass ich in einem kleinen Dorf in einem kleinen Haus mitten im Wald aufgewachsen war und mit der Axt genauso gut umgehen konnte, wie mit einer Angel. Keiner interessierte sich dafür, dass mein Vater zwischen den Rosen starb und in seiner freien Zeit Fangeisen polierte, um damit in jedem Herbst ein Tier zu erlegen. Es mag sein, dass Stadtmenschen oberflächlicher sind aber genau diese Oberflächlichkeit tat mir zu dieser Zeit gut. Wöchentlich telefonierte ich mit meiner Mutter. Besuchte sie regelmäßig und sie mich. Ich spürte, dass sie in der Stadt nicht zurechtkam, wenn sie mich besuchte und als ich sie einmal fragte, ob sie nicht herziehen wollte, sagte sie nur: "Was soll ich denn hier? Alles ist hier grau in grau. Die Geräusche der Straße ahmen den Regen nach. Aber wenn es hier mal regnet, riecht es nicht wie im Wald." Sofort musste ich an den Geruch von nassem Holz und Moos denken. Sah, wie Wassertropfen auf Blütenblätter fielen und abprallten. Die

Welt durch mein Dachfenster war verschwommen und die Vögel saßen in den dichten Hecken und fingen erst wieder zu singen an, wenn der Regen vorbei war. Hier war es anders. Es gab kaum Vögel. Wenn, dann nur Tauben, Krähen und Amseln. Die Meisen und Eichelhäher waren außerhalb der Stadt. Ich sah von meinem Bürofenster die Berge aber fühlte sie nicht. Sie waren nur ein Bild. Wie eine hübsche Wandtapete. Weit weg. Irgendwie unecht. Es war anders als im Norden. Die See sah ich dort nicht von unserem Haus. Aber sobald ich das Waldstück verließ und in das Dorf fuhr, schmeckte ich das Salz und fühlte, wie es sich im Laufe des Tages auf mein Haar legte, so dass es rau und strähnig wurde. Ich nahm die Natur dort mit meinen gesamten Sinnen auf, sie umgab mich. Barfuß auf feuchtem Moos, barfuß auf den sandigen Wegen Richtung Dorf und später auf den Dünen, während die Sandalen in der Hand baumelten. Das Meer rauschte ewig sein gleiches Lied und der Wind nahm mir den Atem. Hier in der Stadt trug ich den ganzen Tag Schuhe. Atmete Abgase ein und hörte das Hupen der Autos zur Rushhour.

Meine Mutter zuckte mit den Schultern:
"Der Garten braucht mich. Und ich
brauche den Garten, Ylva. So einfach ist
das." Sie drückte lächelnd meine Hand und
sah mich an. Ich verstand sie. So einfach
war das. Ihr Haar wurde allmählich grau,
dann weiß. Ich bemerkte den Unterschied
bei jedem Besuch. Schließlich kehrte der
Krebs zurück.

Als ich nach ihrem Tod in mein altes
Zuhause einzog, atmete ich den Geruch
ein. Die See. Das Geschrei der Möwen im
Dorf. Der verwilderte Garten. Ich hatte
alles so sehr vermisst und hatte gleichzeitig
Angst, wie das Jahr werden würde.

23.

Das Licht lag bläulich über dem Wald,
als ich von einem Geräusch geweckt wurde.
Ein leises Bellen ertönte aus dem Garten.
Ich öffnete die Augen und lauschte. Da,
noch einmal! Plötzlich war ich hellwach,
sprang aus dem Bett und öffnete das
Dachfenster. Es dauerte eine Weile, bis
meine Augen die Umrisse erkennen

konnten, noch dazu musste ich mich weit heraus lehnen, damit ich genug von dem Garten sah. Auf der Lichtung stand ein Fuchs. Unruhig lief er ein paar Schritte auf das Haus zu, bellte kurz und lief in Richtung der Sträucher. Dann kam er wieder aus dem Schatten hervor und bellte erneut. "Pschhht!" machte ich und wedelte mit den Händen. Der Fuchs hielt inne und spitzte die Ohren. Versuchte, die Geräuschquelle ausfindig zu machen. Ich wiederholte das "Pschhht!" und das Winken und da entdeckte er mich. Seine Ohren waren aufgerichtet und im Mondlicht erkannte ich, dass eines heller war als as andere. Er schaute zu mir hoch und setzte sich hin. Wartete. "Verdammt, mitten in der Nacht." murmelte ich und zog mir schlaftrunken meinen Bademantel über. Ich war noch nicht ganz bei mir und wollte schnell nach unten, um Neo rauszulassen, bevor der Fuchs wieder bellte und mein Vater womöglich aufwachte. Leise schlich ich die Treppe herunter und nahm das Schnarchen meines Vaters wahr. "Neo." flüsterte ich hin und wieder und machte mich darauf gefasst, dass er jederzeit aus einer Ecke springen würde, um meine nackten Füße zu fangen, wie er es gerne tat. Ich erreichte die Terrassentür und erhaschte noch einen Blick auf den Fuchs, der zu winseln schien, bevor ich sie öffnete. "Neo ist nicht da.", sagte ich leise. Meine Füße standen auf dem klammen Terrassenboden und ich wünschte mich in mein Bett zurück. Der Mond warf weiterhin ein unheimliches Licht auf den Garten und die Bäume und Blumen sahen wie die Schatten seltsamer Tiere aus. Das Fahle blau schluckte alle Farben der Umgebung. Wieder ein kurzes Bellen, gefolgt von einem Winseln. Der Fuchs erhob sich und einen kurzen Moment hatte ich Angst, dass er mich beißen wollte. Gab es da nicht Tollwut? Tuberkulose? Fuchsbandwurm? Zur Hölle damit, den Mutigen gehört die Welt, sagte ich still zu mir. Das Tier drehte sich einmal im Kreis und trabte dann lautlos in Richtung der Brombeersträucher. "Warte!" sagte ich und folgte ihm. Der Boden war nass und ich schnürte meinen Bademantel fester um mich. Immer wieder blieb der Fuchs stehen und drehte sich nach mir um. "Was mache ich hier, verflixt noch mal?" fragte ich mich und seufzte. Ich schnitt mir die

Schienbeine an einem dornigen Ast des Strauches auf, zuckte zusammen und versuchte, meinen Weg vorsichtiger fortzusetzen. Er endete nur wenige Meter hinter dem Kompost. Da, wo der Garten in den Wald überging und wo der Tieferschatten unter den Bäumen und Sträuchern an heißen Sommertagen den Boden kühlte. Der Fuchs jaulte mit einem Mal erbärmlich und jetzt erkannte ich, dass er mich zu Neo geführt hatte. Meine Hand fuhr zu meinem Mund, fast hätte ich geschrien. Ich sah das Fangeisen und Blut und Neo, dessen Beine zwischen den metallenen Zähnen steckten und ich sah Knochensplitter. Weiß und spitz ragten sie unter dem aufgeschlitztem Fell heraus, als wäre ein Kissen gerissen und die Füllung quoll heraus. Sofort war ich bei ihm und ließ mich neben ihm nieder.

Katzen sind die geborenen Stoiker. Sie halten alle aus. Jeden Schmerz. Sie schnurren, um sich selbst zu beruhigen und kennen die Philosophie des Stoizismus, die unter anderem besagt: Ertrage jeden Schmerz, denn kein Schmerz dauert ewig. Er geht vorüber. Im

schlimmsten Falle mit dem Tod, aber er
endet. Neo sah mich an. Ich weinte und saß
zusammengekauert neben ihm. Der Fuchs
näherte sich und leckte an den
zertrümmerten Beinen. Zuerst wollte ich
ihn verscheuchen, da ich dachte, er wollte
seinen Hunger stillen. Aber dann wusste
ich, dass er die Blutung stillen wollte. Oder
Neo damit tröstete. Irgendetwas. Das Blut
lief weiter. Ein feines Rinnsal, das in das
Moos tropfte. Mit zittrigen Händen machte
ich mich daran, den Spannbügel der Falle
zu lösen, aber Neo legte die Ohren zurück
und fauchte mich an. Ich war hilflos.
Wusste, dass er verloren war. Daher
streichelte ich ihn nur und saß weinend
neben ihm. Beim Sterben ist man immer
allein. Jeder stirbt für sich, während die
Welt sich weiterdreht und die Lebenden
ihren Tätigkeiten weiter nachgehen
könnten. Es war so ungerecht.

Mir flogen Möglichkeiten durch den
Kopf, jedoch wusste ich, dass jede mit
seinem Tod enden würde. Der Tierarzt
würde ihn einschläfern; würde ich ihn
befreien, hätte er vor seinem Tod noch
schlimmere Schmerzen, hatte mir sein

Fauchen mitgeteilt; Ein Schlag mit einem Stein würde sein Leid hingegen verkürzen. Ich sah mich um. Nur Äste und Dornen und silbernes Licht über all dem. Neo maunzte und stupste mit seinem Kopf gegen meine Hand. Schmiegte sich hinein und blinzelte mir zu. Ich blinzelte zurück. "Machs gut, Neo." presste ich heraus. "Ich hab dich lieb." Dann wurde sein Körper schlaff und er schloss die Augen. Der Fuchs und ich schauten uns an. Ich weinte und schluchzte und nahm wahr, dass Neo noch immer leise schnurrte. Schließlich hörte er auf zu atmen. Der Fuchs beobachtete mich noch immer. "Es tut mir leid, Fuchs." weinte ich. "Das mein Vater euch tötet. Dass er euch wie Trophäen sammelt. Dass er deinen und meinen Freund genommen hat." Er winselte, leckte noch einmal an Neos Pfoten, aus denen kein Blut mehr lief und verschwand in den Brombeersträuchern. Ich befreite Neo aus der Falle und presste ihn an mich. Sein Fell war struppig und durch das Blut war es nass und schmierig. Die Knochen seiner Vorderbeine hoben sich hell von der Umgebung ab. Ich drückte mein Gesicht in sein Fell und das Blut vermischte sich mit

meinen Tränen, während ich seinen
Geruch einatmete. Er roch so schön. Nach
Geborgenheit und nach verschlafenen
Sonntagen. Nach Laub und nach einer
frisch gemähten Wiese. Nach Seeluft und
nach der Wolldecke, auf der er immer lag.
Wir lagen eingekringelt auf der kalten
Erde, ich hielt ihn fest umschlungen und
versuchte, ruhig zu atmen. Er strahlte noch
Wärme aus und als sein Körper diese
langsam verlor, schenkte ich ihm meine. In
den frühen Morgenstunden erwachte ich
fröstelnd. Der Garten hatte seine
gewohnten Farben und die reifen
Brombeeren hingen prall über mir. Dann
sah ich das Blut. Es war überall und sagte
mir: Das ist die Realität. Neo ist tot. Mein
Vater hatte ihn getötet. Er hatte innerhalb
unseres Grundstücks eine Falle aufgestellt.

"Geh nicht an den Rand des Beets."
hatte er im letzten Jahr gesagt. "Neugier
bringt die Katze um." war einer seiner
Lieblingssprüche. Meine Traurigkeit
vermischte sich mit Wut. Ich stand auf.
Neo war inzwischen steif und hatte seine
Geschmeidigkeit verloren, mit der er sich
gestern noch bewegt hatte. Meine Tränen

liefen wieder und ich ging langsam
Richtung Haus. Mein Bademantel war
blutverschmiert und auf meinen Händen
lag eine Kruste getrockneten Bluts. Der
Schmerz an meinen aufgerissenen
Schienbeinen war nichts gegen den
Schmerz, der in meinem Herzen wütete. Es
war vorbei. Ich würde gehen. Weit weg. Es
war etwas geschehen, dass ich meinem
Vater nicht verzeihen konnte.

24.

Meine Eltern fanden mich
blutverschmiert in der Küche. Neo lag auf
dem Küchentisch, auf ein gefaltetes
Handtuch gebettet und in ein anderes
eingewickelt, so dass nur noch sein Kopf
herausschaute. Es war bizarr, wie eine
winzige Mumie mutete er an, aber ich
konnte seinen kleinen zerstörten Körper
einfach nicht mehr sehen. Meine Tränen
liefen nicht mehr, sie waren weg. Alles war
leer in mir, alles war still. Mein Vater blieb
im Türrahmen stehen, als er mich
entdeckte und mit mir das viele Blut. Er

schaute mich mit gerunzelter Stirn und angespanntem Körper ratlos an, während meine Mutter einen kurzen Schrei ausstieß und sofort zu mir eilte, um mich zu umarmen. Ich wischte ihren Arm beiseite, erhob mich und verschwand in meinem Zimmer. Erik, ich wollte zu Erik. Zu jemandem, der mich hielt, ohne Worte zu verlieren. Es gab niemanden anders mehr außer ihn, stellte ich ernüchtert fest.

Wahllos stopfte ich die Dinge in meine Reisetasche, die mir etwas bedeuteten. Riss Kleidung von den Bügeln und stopfte sie dazu. Ich füllte noch einen Jutebeutel und den Rucksack und stellte mich dann, endlich, endlich, unter die Dusche. Bestimmt eine Stunde stand ich unter dem warmen Strahl und versuchte, an nichts zu denken. Ich wünschte, ich könnte mein rotes Haar so lange waschen, bis die Pigmente sich lösten, im Abfluss verschwanden und ich jemand anderes wäre. Ich stellte mir vor, wie ich plötzlich blond war. Mit einem Handtuchturban das Bad verließ und unser Haus in einer Siedlung neben anderen Häusern stand. Mein Vater könnte Versicherungsvertreter sein und trug graue, gestärkte Hemden, statt die üblichen aus Flanell. Meine Mutter wäre Sekretärin. Ein anderes Leben, andere Eltern, andere Umstände, wünschte ich mir. Als ich mit nassem Haar, dass dunkelrot und tropfend an meinen Schultern klebte, das Bad verließ, sah ich die wogenden Baumkronen durch das Fenster und wusste, dass ich noch immer hier war. Mein Leben änderte sich nur, wenn ich diese Tür schloss und eine neue öffnete. Das musste ich aber selbst tun. Warten brachte nichts: es würde keiner hereinkommen und mir auf einer Werbetafel anpreisen, wie ich zukünftig leben könnte.

Daher nahm ich meine Sachen und tat das, was ich schon vor zwei Jahren hätte tun sollen: Ich schlug die Tür meines Elternhauses hinter mir zu.

Meine Mutter folgte mir noch in den Garten, redete ununterbrochen auf mich ein, entschuldigte sich für meinen Vater. Aber verdammt, sie traf doch keine Schuld! Sie benahm sich aber so, lud alles auf ihre Schultern. Er wurde immer nur in Schutz genommen. Selbst von mir gestern. Vor dem Fuchs. Dabei war ER es, der Schuld hatte. Er hatte die Falle aufgestellt. Er war Gift für seine Umgebung. Fuchsgift. Rattengift. Und ja, auch Menschengift. Er brachte Tod und Trauer in mein Leben, statt Liebe und Frieden, wie meine Mutter, erkannte ich. Mein Speichel schmeckte nach Rost und ich hatte Kopfschmerzen vom vielen Weinen. Als ich am Haus von Erik und seinen Eltern ankam, erreichte mich endlich die Stille im Kopf und füllte ihn so aus, dass ich nichts mehr wahrnahm. Erik stand draußen und lief wortlos auf mich zu. "Halt mich einfach nur." sagte ich und spürte seinen starken Körper und seine Arme, die mich hielten.

Einen Monat später war ich am anderen Ende des Landes. In einer winzigen Wohnung, dessen Möbel ich dankbar übernehmen konnte. Zwar hatte ich das Ersparte durch die Arbeit im Kino, das einige Zeit reichen würde, nahm aber einen Halbtagsjob in einem Geschäft an. Ich wollte nicht mehr abhängig von meinen Eltern sein. An einem freien Tag schrieb ich mich an der Uni ein und die Zeit bis zu den Vorlesungen füllte ich mit Arbeit aus, mit Spaziergängen durch die Stadt und Stunden in der Bücherei. Alle Verbindungen in meine Heimat waren gekappt. Neustart. Anfangs dachte ich oft an Erik. Je mehr Zeit ins Land ging, desto seltener tauchte er in meinen Gedanken auf. Er schrieb mir einen Brief, sagte darin, dass er das alles nicht verstand. Wie auch? Ich hatte ihm nie etwas von meinen Gründen erzählt. Ich weiß nicht, warum ich in diesen Dingen so verschlossen bin, und könnte es auf die Ähnlichkeit und die Gene meines Vaters schieben, weiß aber, das das man nicht sein Schicksal für seine Reaktionen und Taten verantwortlich macht. Man hat ja immer eine Wahl. Entscheidungsfreiheit. Oben oder unten, schwarz oder weiß, gestreift oder kariert. Ich schrieb ihm nie zurück.

Wochenlang hörte ich nichts von meinen Eltern, bis ich sie irgendwann anrief. Meine Mutter klang verweint und verzweifelt am Telefon. Ich war mir sicher, dass sie oft stritten und sie dann die Nacht in meinem Bett verbrachte. Dort lag sie nun alleine. Ich habe vieles falsch gemacht, ich wusste es einfach nicht besser. Aber sie hatten noch mehr falsch gemacht und hätten es wissen müssen. Denn sie waren die Erwachsenen.

Wenn ich abends dem Verkehrslärm der nie schlafenden Stadt lauschte, musste ich in den ersten Wochen oft an die abendlichen Streitereien denken. Nicht an die schönen Momente. Nicht an Pfannkuchen mit Marmelade oder Umarmungen und Küsse von meinen Eltern. Sie wurden überlagert, wie eine Wand, die man neu gestrichen hatte. Ich hoffte, die neue Farbe würde abplatzen, damit ich auch die andere, schöne Farbe darunter wieder sah. Damit ich andere Erinnerungen hatte. Die Farbe war noch zu frisch, es müsste Zeit vergehen. Und so dachte ich nur an den ewigen Streit. Den Jähzorn. Er drang laut aus der Küche bis in mein Zimmer, bis unter die Bettdecke, bis in meine Gehörknöchelchen. Ich hielt mir die Ohren zu und hörte weg. Damit bezeugte ich insgeheim die Loyalität zu meinem Vater. Jetzt weiß ich, dass es falsch war. Damals wusste ich es nicht, wollte es einfach nur nicht hören. Ich war jung und es ängstigte mich. Lauter Streit. Geräusche. Worte, die man nicht zurücknehmen konnte. Weinen. Ein Schlag mit der Faust auf die Tischplatte. Noch einer. Was hätte ich tun sollen, außer tagsüber die Hand meiner Mutter zu nehmen und mich an sie zu schmiegen, wie eine Katze. Das war meine Art, ihr Trost zu spenden. Am Tage dachte ich meistens nicht an die Streitereien, es waren für mich fast immer gute Tage. Bis auf die Momente, in denen mein Vater in die Küche kam und die Kartoffeln aufhörten, zu dampfen.

Die Liebe eines Kindes zu seinen Eltern ist bedingungslos. Wenn man klein ist, verzeiht man ihnen alles und nimmt sie in Schutz, für all ihre Taten. Man ist abhängig, bis man endlich flügge wird und das Nest verlassen kann. Jetzt, wo ich erwachsen war, war die Liebe nicht weniger geworden, sie hatte sich nur verändert. Sie war reflektierter. Ehrlicher. Realistischer. Ich liebte die beiden, weil sie meine Eltern waren, aber ich liebte nicht, was sie taten: Leid zufügen und Leid erdulden. Ihre Ideale waren nicht meine. Ihre Vorstellung vom Leben war eine andere. Endlich hatte ich begriffen, dass ich mein Leben so gestalten konnte, dass es ein gutes Leben sein würde. Eines, das mich erfüllte. Meins. Ganz allein meins. Ich hatte begriffen, dass einzig meine innere Einstellung, meine Moral- und Wertevorstellungen wichtig dafür waren.

25.

In einer meiner frühen Erinnerungen saß ich auf den Schultern meines Vaters und betrachtete die Welt von oben. Wir streiften durch den Wald und der Boden war bedeckt von Buschwindröschen. Ein weißes Blumenmeer. Ich hielt mich an der Stirn meines Vaters fest und manchmal machte er kleine Hüpfer, damit ich Spaß hatte und vor Freude und Entsetzen kreischte. Ich wusste ja, dass er meine Beine festhielt, aber dieses Hüpfen verursachte ein kribbeliges Gefühl im Magen und fühlte sich toll an. Sicherheit und Unsicherheit im selben Moment. Er ließ mich plötzlich vorsichtig runter und zeigte auf ein Reh. "Siehst du es, Ylva?" Ich nickte ehrfürchtig "Es sieht so aus, als wenn es die Blumen fressen würde, nicht?", sagte er. Ich kicherte. Ein Reh, dass Blumen frisst! Das konnte ich nicht glauben. Seine Hand umschloss meine. Ein Zipfel seines Flanellhemdes, dass er um die Hüften gebunden trug, streifte mein Gesicht und ich weiß noch, dass ich die bunten Karos sah. Ich lehnte meinen Kopf an sein Bein und so standen wir stumm zwischen den weißen Buschwindröschen, bis das Reh uns bemerkte und mit hohen Sprüngen in den Tiefen des Waldes verschwand. Wir setzten unseren Weg fort und wenn ich zu meinem Vater hochschaute, war er der größte, schönste und stärkste Mann der Welt für mich. Seine Hände waren stark, aber auch warm und sanft. Wenn er mich umarmte, schmolz mein kleines Kinderherz. "Komm, wir pflücken ein paar Blumen auf dem Heimweg und bringen sie Mama mit. Wir müssen aber schnell sein, sonst frisst das Reh sie alle auf." zwinkerte er mir zu. "Au ja." Wir pflückten alles, was unseren Weg säumte. Löwenzahn und Grashalme und Blaustern. Wir hatten einen kompakten Strauß, den meine kleine Hand fest umschloss und ich konnte es gar nicht abwarten, Mamas Augen zu sehen, wenn ich ihn ihr geben würde. Meine Mutter saß auf der Veranda und blätterte in einem Buch, als wir Heim kamen. Lichtflecken tanzten auf dem Holzboden und über ihre nackten Füße. Als sie uns erblickte, stand sie auf und kam auf uns zu. Meinem Vater hauchte sie einen Kuss auf den Mund, dann mir. "Mama, für dich!" grinste ich stolz und streckte ihr den Strauß entgegen. "War Papas Idee." Sie nahm ihn, roch daran und machte: "Mmmmmmh. Wie er duftet." Dann fuhr sie mir über den Kopf und ich weiß noch, wie sie meinen Vater ansah. Glücklich. Entspannt. Und tatsächlich auch: Verliebt. "Wie wunderschön, ihr zwei. Danke! Kommt rein, es gibt Essen. "Fast hätte ein Reh die Blumen gefressen." sagte ich und mein Vater lachte laut. "Das erzählst du mir gleich ganz genau, Ylva." schmunzelte meine Mutter. Als wir reingingen, packte mich mein Vater, hob mich hoch und wirbelte mich noch einmal im Kreis, dass meine Haare flogen und zerzausten.

Er hatte zwei Seiten. Immer schon. Ich wünschte, ich hätte nur so schöne Erinnerungen an ihn.

25

Ich packte das Notizbuch in die Tüte und legte es zurück in sein Versteck. Es gehörte hier hin. An genau diesen Ort. Vielleicht würde jemand es in hundert Jahren finden und darin lesen. Würde herausfinden, dass meine Mutter eine Mörderin war. Es war mir gleichgültig. Ich würde niemanden mehr in Schutz nehmen. Jeder ist für sich und seine Taten selbst verantwortlich. Für ausgesprochene Worte. Nichts davon konnte man ungeschehen machen und ich wollte nicht länger das Gefühl haben, eine Verantwortung tragen zu müssen, die nicht mir gehörte. Nicht ich hatte dieses Buch geschrieben oder meinen Vater vergiftet.

Zwar hatte ich herausgefunden, was ich herausfinden wollte, aber jetzt wollte ich es nur noch vergessen.

Die Hand Christi klopfte an die Scheibe. Kratzte daran, erzeugte Schatten am Fenster und ich sah lange zu, wie der Wind die riesigen Blätter hin und herbewegte. Es war die Pflanze, die sie beschützt oder eher befreit hatte. Inzwischen waren meine drei Exemplare gute vier Meter hoch. Blätter, die wie Hände aussahen. Im Sommer hatte sie so gigantische Blütenrispen getragen, dass ich staunend davorstand. Jetzt, im Herbst, fielen die ersten Samen zu Boden. Marmoriert waren sie. Klackerten in meiner Hand und in der Hosentasche. Und tödlich waren sie.

Ich kann mir nun anhand ihrer Aufzeichnungen zusammenreimen, was geschehen ist. Vielleicht war es so: Meine Mutter war nach meinem Auszug wieder der Willkür meines Vaters ausgeliefert, ihr Pakt endete. Die Tellereisen wurden nicht länger im Wald aufgestellt. Sicher hatte er auch Tage, an denen er freundlich und zärtlich war. Aber die Tage seiner Wut überwogen, glaube ich. Er musste sich nicht länger zusammenreißen. Sie hatte Angst. Vor Wutausbrüchen und Schlägen. Vor Erniedrigungen. So lange ich da war, hielt mein Vater sich an das Versprechen, sie nicht zu schlagen. So gut er eben konnte. Ich erinnere mich trotzdem an blaue Flecke an ihren Oberarmen und Schenkeln. Bestimmt waren sie von ihm, ich kann es jedoch nicht mit Sicherheit sagen. Ein Pakt. Einundzwanzig Jahre. "Wenn du mich anrührst, solange Ylva hier lebt, verlassen wir dich." Mein Vater hatte einen Pakt mit einer Frau geschlossen, die sich nicht länger damit abfinden wollte, gedemütigt und misshandelt zu werden. Die über einundzwanzig Jahre den Jähzorn eines Mannes ertrug, dessen sanften und zärtlichen Seiten immer mehr abhandenkamen. Ich weiß nicht, ob er ihr mal sagte, dass sie auch bald in dem Schuppen hängen würde, aber kann es mir gut vorstellen. Rotes Haar neben ebenso rotem Fell. Er war grausam. Und ich liebte ihn dennoch. Sie musste den Entschluss ihn zu töten gleich nach meinem Auszug geplant haben. Pflanzte im Februar eine Bohne. Wartete ewige Monate. Frühling, Sommer, endlich Herbst. Endlich. Sie musste letztendlich so viele Bohnen geerntet haben, um ein ganzes Dorf auslöschen zu können. Ich sah es ja an meinen Pflanzen. Sie waren über und über voll mit Blüten und später Samen. Auf dem alten Foto warf sie lachend den Kopf in den Nacken, als mein Vater sie fotografierte. Die exotische Pflanze im Hintergrund tötete meinen Vater. Es war die Christuspalme oder auch Wunderbaum genannt, in deren Samen das giftige Rizin steckt. Größere eingenommene Mengen führen unweigerlich zum Tod, es ist im Blut nicht nachweisbar und es gibt bisher kein Antidot. Meine Mutter hatte gesät und geerntet. Sie hielt sich an dem Gedanken fest, dass sie so nicht weiterleben wollte. Hatte eine Eingebung oder Idee und nach den langen Monaten des Wartens sogar ein Alibi. Denn Rizin wirkt nicht sofort. Es dauert Stunden oder Tage, bis die Krämpfe anfangen und das unvermeidbare Sterben einsetzt.

Am Tag, bevor sie zu mir fuhr, muss sie die Bohnen zermahlen haben. Viele Bohnen, damit auch ja nichts schief ging. Nichts wäre schlimmer gewesen, als wenn sie Heim gefahren wäre und er schwach, aber lebendig mit dem Finger auf sie gezeigt hätte: "Du wolltest mich umbringen? Du alte Hexe!" Jede Stunde ihres Lebens wäre zur Qual geworden. Sie hatte nie die Kraft, ihn zu verlassen, sonst, da bin ich mir sicher, hätte sie es getan. Etwas in ihr hielt an ihm fest und hoffte, dass er sich ändern würde. Aber Menschen ändern sich nicht so einfach. Ich glaube, sie hatte das gewonnene Mehl unter das Müsli gemischt oder es in einem Kuchen verbacken. In den Kaffee gestreut. Jede einzelne Mahlzeit damit versetzt. Am Abend rief mein Vater bei mir an und sagte seinen Besuch ab. Am nächsten Tag lag er tot im Garten. Ob er wirklich die Rosen schneiden wollte oder versucht hatte, zum Auto und damit zum Arzt zu gelangen, weiß ich nicht. Fest steht, dass er Kreislaufprobleme bekam. Ich stelle mir vor, dass ihm schwindelig wurde und er merkte, dass er das Gleichgewicht verlor und gleich zu Boden gehen würde. Dieser Schwindel, Gott verflucht. Diese Krämpfe. Beim Fallen hielt er sich an einem Rosenzweig fest, der dann brach und mit ihm auf den Boden fiel. Kam daher die Rose in der Hand? Ich stelle mir den Stein vor, auf den sein Kopf aufschlug und der seinen Schädel spaltete. Dieser zufällige

Umstand machte es für meine Mutter noch einfacher: es sah aus, wie ein tragischer Unfall. Untersuchung abgeschlossen. Dann sehe ich vor meinem inneren Auge ein Tier an der Wunde lecken. Einen Gerichtsmediziner, der wegen dieser Absurdität lächelnd den Kopf schüttelt. Denke an den Traum, als ein toter Fuchs neben ihm lag und begriff: ich hatte es insgeheim schon früher gewusst. Der Traum sagte mir, dass im Blute meines Vaters Gift floss und dass daran der Fuchs starb. Fuchsgift. Tot. Fell an Fell an Fell. Ein weißer Fleck zwischen den Schulterblättern. Neo. Moos. Eiserne Zähne. Neugier bringt die Katze um.

Ich stöhnte. Zu viele Bilder im Kopf. Sie verfolgten mich hier jede Sekunde und ich wusste, dass ich Abstand brauchte. Die Blätter klopften wieder an die Scheibe und der Herbstwind brachte Regenschauer. Müde erhob ich mich und ging in den Schuppen, berührte die kalten Zähne des Fangeisens, nahm es in die Hände und sagte: "Du hast ausgedient." Es schimmerte mich wortlos an und als keine Widerworte kamen, warf ich es in den Mülleimer und brachte diesen an den Straßenrand.

Dann nahm ich das Fell meines Fuchses von der Wand ab. Umarmte es und brachte es nach drinnen. Es kam in die Reisetasche. Ich machte mir einen Tee und wartete auf das Taxi. Das hier war mein Haus. Es war viele Jahre mein Zuhause. Hier bin ich aufgewachsen und hier könnte ich weiterleben. Aber es war noch nicht die Zeit. Ich hatte einen Job in der Stadt, mit ihm Aufgaben und dort gab es im Hintergrund die Berge und Straßenlärm. Ich sehnte mich nach der Oberflächlichkeit dort und nach Frieden, denn ich fand, ich hatte vorerst tief genug in meinen Erinnerungen gegraben. Ich wusste nun, dass der Lauf der Dinge überall gleich war. Aufstehen, zur Ruhe legen. Die Stunden dazwischen mit sinnvollen Tätigkeiten füllen. Das Hamsterrad ist überall, man kann der Routine nicht entkommen. Sie stellt sich von selbst ein. Immer und überall. Ein letztes Mal sog ich die Luft des Hauses ein. Schloss die Tür sorgfältig hinter mir, als ich das Taxi aus der Ferne

hupen hörte und der Wind blies von der
nahen See und zerzauste mein rotes Haar.

Ich sah dem Fuchs in die Augen,
nachdem mein Kater Neo seine schloss.
Wir sahen uns lange an, bis er im
Unterholz verschwand. Er war jung und
schön und genauso lebendig wie ich: Und
das war gut so.

Ende.

© 2023 Kerstin Mumm
Herstellung und Verlag: BoD – Books on
Demand, Norderstedt
ISBN: 9783757804299